Sand auf unserer Haut

1

Mandelaugen. Glattes, glänzendes Haar. Schlanke Figur. In seinen Gedanken fasste Scout Ritland die ersten Eindrücke der Frau zusammen, die er auf der anderen Seite des Ballsaals entdeckt hatte. Eine tolle Frau, eine auffallend schöne Frau.

Zwischen ihnen wogte eine Menge feiernder Menschen in vornehmer Abendgarderobe, die sich gegenseitig mit Glückwünschen überhäuften und mit tropischen Cocktails zuprosteten – Drinks, die selbst den prüdesten Spießer dazu gebracht hätten, sich splitternackt in die Brandung des Pazifik zu werfen.

So vom Alkohol benebelt war Scout noch nicht. Doch seinen Kopf erfüllte ein angenehmes Summen, etwa so laut wie die Rufe der Nachtvögel im Dschungel, der das parkähnlich gestaltete Gelände des Coral Reef umgab, jenes spektakulären Resorts, dessen große offizielle Eröffnung heute Abend zelebriert wurde.

Der starke Punsch mit exotischen Früchten brachte einen dazu, Hemmungen fallen zu lassen, er unterminierte die Moral und drängte ansonsten hochgehaltene Ideale bezüglich sexueller Gleichberechtigung in den Hintergrund. Mit glasigen Augen und einem für ihn ganz und gar uncharakteristischen Chauvinismus starrte Scout auf die Frau in dem weißen, eng am Körper anliegenden Kleid und taxierte sie ohne die geringsten Gewissensbisse einzig und allein als das Objekt seiner sexuellen Begierde.

Parrish Island hatte diese Wirkung auf die Menschen. Dieser Ort, nicht mehr als ein Punkt in einer Reihe von

Punkten auf der Landkarte des Südpazifiks, war berauschend: Duftende Blumen, Banyanbäume und Kokospalmen im Überfluss – völlig ohne den störenden Zwang gesellschaftlicher Normen.

Erst vor wenigen Stunden war Scout am Ende doch der Faszination der Insel erlegen. Zum ersten Mal seit seiner Ankunft vor Monaten hatte er über die in einem blassen Muschelrosa gehaltenen Marmormauern des Hotels hinausgeschaut. Zuvor waren seine Zeit, seine Energie und seine Gedanken so sehr in Anspruch genommen gewesen, dass er keine Gelegenheit gehabt hatte, die noch weitgehend ursprüngliche Insel mit ihren freundlichen Bewohnern zu bewundern.

Eine Bewohnerin ganz besonders – die Frau in Weiß. Donnerwetter, was war sie für ein hinreißendes Wesen. Distanziert. Vielleicht eine Spur arrogant.

Sie hatte bemerkt, dass er sie anstarrte, und seinen Blick mit einem kühlen Abschätzen seiner Person erwidert. Und dann, als könne nichts an ihm in irgendeiner Weise interessant für sie sein, hatte sie ihn geflissentlich ignoriert.

Scout war hingerissen. Während der Bauarbeiten hatte er sie nie zu Gesicht bekommen; sie war also keine Hotelangestellte. Die Frau eines Angestellten?

Das war ein äußerst bedrückender Gedanke. Er schob ihn zusammen mit seinem soeben geleerten Glas beiseite. Wenn sie verheiratet war, wo steckte dann ihr Ehemann? Welcher Kerl, der noch ganz richtig im Kopf war, würde eine Frau wie sie ohne Begleitung in einem Saal voller Männer herumlaufen lassen, die seit Monaten von Heim und Herd getrennt waren?

Nein, Scout bezweifelte, dass sie verheiratet oder ernsthaft liiert war. Sie hatte nicht diese Aura, die »vergeben« signalisierte.

Aber wer war sie dann, fragte er sich, während er desinteressiert die exotischen Speisen auf einer der Anrichten überflog, ohne die Schöne ganz aus den Augen zu lassen.

»Hervorragende Arbeit, Mr Ritland«, bemerkte jemand im Vorbeigehen.

»Dankeschön.«

Ein großer Teil der herrlichen Ferienanlage erstreckte sich am ruhigen Wasser einer Lagune entlang. Scout hatte die Bauarbeiten zusammen mit dem Architekten geleitet, und wegen seiner hervorragenden Leistungen bekam auch er seinen Teil des allgemeinen Lobes und der Bewunderung ab. Man hatte heute schon so oft seine Hand geschüttelt, dass sie wehtat, und seine Schulter schmerzte von den zahllosen anerkennenden Schlägen, die sie abbekommen hatte.

Vielleicht berauschter vom Erfolg als von dem Fruchtpunsch, bahnte er sich einen Weg durch die Menge. Sein Ziel war die Frau, die regungslos in einem der hohen, ins Freie führenden Torbögen stand.

Sobald er in ihrer Hörweite war, drehte sie sich urplötzlich um und sah ihm in die Augen. Scout blieb wie vom Donner gerührt stehen; fast hätte es ihm den Atem verschlagen.

Die mandelförmigen Augen waren nicht dunkelbraun, wie er es erwartet hatte, sondern blau. Neonblau. Elektrisierend und verblüffend blau.

»Scout, wo wollen Sie denn hin? Gott sei Dank erwische ich Sie noch, bevor Sie verschwunden sind.«

Jemand ergriff ihn von hinten am Ellbogen und drehte ihn herum. Er hielt den Blickkontakt mit der Frau so lange wie möglich und wandte erst dann den Kopf.

»Ah, Mr Reynolds.« Er schüttelte die ihm dargebotene Hand.

»Corey«, korrigierte ihn der Hotelmagnat. »Sie haben

einfach tolle Arbeit geleistet. Können Sie es allmählich schon nicht mehr hören?«

Scout schüttelte mit einem selbstironischen Grinsen den Kopf.

»Oh doch.«

»Es versteht sich von selbst, dass wir mehr als zufrieden sind. Und da spreche ich für jeden im gesamten Unternehmen.«

»Danke, Sir.« Scout konnte es sich nicht leisten, dem Mann gegenüber, der ihm seine stattlichen Honorare gezahlt hatte, unhöflich zu sein, aber er riskierte dennoch einen kurzen Blick über die Schulter. Sie war verschwunden. Verdammt!

»Es war nicht gerade eine leichte Aufgabe«, fuhr Corey Reynolds fort. »Vor allem, wenn man an die ganz unerwarteten Probleme denkt, die Sie während der Bauzeit zu bewältigen hatten.«

»Sie meinen die Einstellung der Insulaner zur Arbeit?«, fragte Scout.

Reynolds nickte.

»Termine oder einen Acht-Stunden-Arbeitstag spielen in ihrem Leben keine wichtige Rolle«, meinte Scout mit etwas Wehmut. »Man kann sie auch nicht dazu bewegen, einmal einen Feiertag ausfallen zu lassen, und sie haben davon ungefähr zehn in jedem Monat. Aber das hat mich nicht annähernd so beschäftigt wie die dauernden Diebstähle. Es tut mir wirklich leid, dass das Materialbudget dadurch so strapaziert wurde.«

»Dass hin und wieder etwas verschwand, war nicht Ihr Fehler. Ich weiß doch, dass Sie alles versucht haben, um die Diebe zu erwischen.«

»Diese gerissenen Kerle!«, grollte Scout. »Einmal blieb ich sogar vier Nächte hintereinander auf und schob Wache. Und genau an dem Abend, als ich dachte, das

8

bringt nichts, und mich ins Bett gelegt habe, schlugen sie wieder zu.«

Aus dem Augenwinkel sah er kurz etwas Weißes aufblitzen und blickte wieder zur Terrasse. Doch dort gab es nichts außer dem Licht des Mondes und schwüler, duftgeschwängerter Luft. War sie noch immer da draußen, verborgen im Schatten der tropischen Gartenanlagen?

»… mitgekriegt?«

»Wie bitte?«

Was hatte Mr Reynolds ihn gefragt? Ah ja.

»Nein, ich habe nichts von der Insel gesehen, außer der unmittelbaren Umgebung des Hotels. Ich dachte, ich nehme mir noch eine Woche oder so frei, bevor ich nach Hause fliege.«

»Gute Idee. Nehmen Sie sich Zeit, und entspannen Sie sich bis zu Ihrer Hochzeit noch ein wenig. Der Termin steht doch schon fest, nicht wahr?«

»Ende nächsten Monats.«

Mr Reynolds lächelte.

»Wie geht es Miss Colfax?«, fragte er.

Corey Reynolds hatte Jennifer Colfax bei einer Abendgesellschaft in Boston kennengelernt, wo die Reynolds Group ihren Hauptsitz hatte. Damals war das Coral Reef Resort noch in der Planung gewesen.

Es gefiel Scout, dass sich der Hauptgeschäftsführer an den Namen seiner Braut erinnerte. Dass Jennifer einen guten Eindruck machte, darauf war Verlass.

»Ihren Briefen nach geht es ihr gut«, erwiderte er.

»Immer noch so hübsch?«

Scout grinste breit. »Sehr.«

Der ältere Mann lachte leise.

»Sie sind ein sehr vertrauensseliger junger Mann, dass Sie sie so lange allein lassen.«

»Wir haben vor meiner Abreise eine Vereinbarung getroffen. Ich konnte nicht gut verlangen, dass sie während meiner Abwesenheit jeden Abend zu Hause sitzt. Es steht ihr frei, auszugehen und sich mit anderen Männern zu treffen, solange es platonisch bleibt.«

»Sie sind nicht nur vertrauensselig, sondern auch großzügig. Aber ich weiß ja, dass sie darauf brennt, ihren Verlobten wieder daheim zu haben.«

Scout zuckte die Achseln.

»Im Sommer war sie ein paar Wochen in Europa. Und sie hat das Antiquitätengeschäft ihrer Tante, um sich zu beschäftigen.«

»Aha?«, bemerkte Reynolds mit höflichem Interesse. »Was macht sie denn da?«

»Sie geht einer Liebhaberei nach – so würde ich das vielleicht nennen.«

Jennifer hatte viele Interessen, die sie mehr oder weniger sporadisch verfolgte, neben Antiquitäten etwa auch Musik oder Mode.

»Meine Frau pflegt auch ein paar Hobbys. Wenn sie nicht gerade einkaufen geht«, fügte Corey Reynolds lachend hinzu. Er nippte an seinem Glas und meinte: »Wunderschön, nicht wahr?«

Scout folgte Mr Reynolds' Blick. Er beobachtete eines der Inselmädchen, die für diesen Abend engagiert worden waren, um Cocktailhäppchen zu reichen. Sie trug einen kurzen, mit einem Blumenmuster bedruckten Sarong, der kunstvoll um den geschmeidigen Körper geschlungen war. Wie die meisten der einheimischen Frauen war sie klein und sehr hübsch, mit glänzendem, schwarzem Haar, blitzenden dunklen Augen und einem bezaubernden Lächeln.

»Obwohl ich verlobt bin und schon bald verheiratet sein werde«, bemerkte Scout, »ist mir nicht entgangen, dass eine der natürlichen Ressourcen von Parrish Island seine überaus anziehende weibliche Bevölkerung ist.«

Reynolds wandte seine Aufmerksamkeit wieder Scout zu.

»Was haben Sie an Ihren freien Tagen vor?«

»Ausspannen. Verzögerungen, trödelnde Arbeiter und das Telefon einfach vergessen. Angeln gehen. Vielleicht sogar ein bisschen jagen. Bodysurfen. Am Strand liegen und nichts tun.« Er beugte sich vor und fügte hinzu: »Und wenn mich eine barbusige Inselschönheit verschleppt, dann lassen Sie nicht gleich nach mir suchen.«

Corey Reynolds kicherte und klopfte ihm auf die Schulter.

»Sie Schuft. Ihr Humor gefällt mir!«

Sie schüttelten sich die Hände, und der Hotelmagnat lobte einmal mehr Scouts Fähigkeiten.

»Wir sehen uns in Boston. Ich möchte mich gern über ein paar künftige Projekte mit Ihnen unterhalten. Treffen wir uns doch bald zu einem Abendessen, wir beide und Ihre schöne Jennifer.«

»Sehr gern, Sir, sehr gern. Vielen Dank.«

Während Reynolds sich entfernte, konnte Scout seine Aufregung kaum mehr im Zaum halten. Er wollte zwar nicht Teil der Reynolds-Unternehmensgruppe werden, so etwas passte nicht zu seiner Persönlichkeit. Ein solches Arbeitsumfeld hätte seine Kreativität erstickt. Aber natürlich wünschte er sich weitere Aufträge von der Gruppe, und so wie es aussah, war es genau das, was Corey Reynolds vorschwebte.

Das Projekt Coral Reef Resort war Scouts erster Großauftrag gewesen. Er wusste, wie wichtig es war, aus diesem Erfolg Kapital zu schlagen, solange ihn die Entscheidungsträger noch frisch in Erinnerung hatten.

Nach diesem Gespräch mit Corey Reynolds hatte er

noch mehr das Gefühl, einen Grund zum Feiern zu haben. Er nahm von einer der Inselschönheiten mit den silbernen Tabletts ein weiteres Glas Fruchtpunsch an und schritt durch den Torbogen auf die Terrasse hinaus.

An den Außenmauern des Hotels rankten sich Bougainvilleen mit ihren üppigen Blüten in die Höhe. Man hatte keine Kosten gescheut, um das Gebäude innen und außen zu schmücken. Aus kostbaren orientalischen Keramikgefäßen wuchsen riesige Farne und Zierpalmen; perfekt zurechtgestutzte Pagodenbäume verschönten die Terrasse und den Garten davor. Wie riesige Glühwürmchen flackerten die Flammen in steinernen Laternen, die an strategischen Punkten entlang der sich durch die Anlage windenden Pfade aufgestellt waren.

Von der großen Terrasse führte eine breite Treppe eine Ebene nach unten. Ein Pfad wandte sich nach links zu den drei Swimmingpools unterschiedlicher Tiefe, die durch künstliche Wasserfälle verbunden und mit Fontänen ausgestattet waren. Ein anderer Weg verband den Garten mit dem Strand; dort bildete der Sand ein helles Band zwischen dem gepflegten Rasen und der sanft ans Land rollenden Brandung.

Nachtschwärmer, die ungestört sein wollten, waren aus dem Ballsaal hier herausgekommen. An einem Tisch auf der unteren Terrasse trank und diskutierte eine Gruppe asiatischer Geschäftsmänner. Ein Pärchen küsste sich weltvergessen unter einer Palme auf dem Rasen. Ein zweites Paar spazierte Hand in Hand am Saum der Brandung entlang; beide waren noch in der Abendgarderobe und trugen ihre Schuhe in den Händen.

Im Zentrum dieses mondbeschienenen Panoramas stand eine einsame Gestalt. Scout schritt wie hypnotisiert die Stufen hinab und auf sie zu. Das Mondlicht auf ihrem weißen Kleid ließ sie im Dunkel aufleuchten wie eine Marmorstatue. Reglos stand sie da, den Blick auf den Ozean gerichtet, hinaus auf das Wasser, als würde sie eine lautlose, mystische Zwiesprache mit ihm halten.

Was für ein Wahnsinnskleid, dachte Scout, während er sich ihr näherte. Jennifer hätte es sicher nicht gutgeheißen. Und die meisten Neuengländerinnen hätten ihr darin beigepflichtet. Es schmiegte sich eng an den Körper und war geradezu peinlich einfach geschnitten, dafür aber unverschämt aufreizend. An einer Seite war es weit den Schenkel hinauf aufgeschlitzt, eine Schulter lag frei, und durch die laue Brise vom Meer zeichneten sich unter dem Stoff deutlich die Brüste der Trägerin und das V zwischen ihren Beinen ab.

Scouts Gedanken in diesem Augenblick gehörten zu denen, die dafür sorgten, dass Priester niemals arbeitslos werden konnten.

Für einen Moment verspürte er ein Schuldgefühl wegen Jennifer. Aber sie befand sich auf der anderen Seite der Welt. Von Jennifer und Boston schien diese Insel so weit weg zu sein wie ein entfernter Planet. Die Regeln und Sitten, die dort Gültigkeit besaßen, waren hier so nützlich wie ein Wintermantel.

Er hatte monatelang ununterbrochen gearbeitet. Also verdiente er es doch wohl, sich eine Nacht lang zu vergnügen, oder nicht? Und er hatte an einem der exotischsten Flecken der Erde gelebt und bisher nicht eine einzige Gelegenheit gehabt, sich an der Schönheit dieses Orts zu erfreuen.

Derlei rechtfertigende Gedanken gingen ihm durch den Kopf, doch er hätte auch ohne sie getan, was er tun musste. Die Monate der Enthaltsamkeit, der Alkohol, dem er zugesprochen hatte, die tropische Umgebung, diese göttliche Frau, all das wirkte viel zu aphrodisisch, um der Verlockung zu widerstehen.

Als sie ihn hörte, wandte sie den Kopf und fixierte ihn erneut mit ihren atemberaubenden blauen Augen. Ihr Haar, schwärzer als die Nacht, hatte sie im Nacken zu einem Knoten zusammengefasst, der mit zwei weißen Hibiskusblüten geschmückt war. An Schmuck trug sie lediglich ein Paar Perlenohrringe, allerdings waren die beiden Perlen so groß wie Murmeln.

Doch so makellos diese Perlen schimmerten, sie hielten keinem Vergleich mit ihrer zarten, cremefarbenen, unglaublich glatten Haut stand, von der sie eine ganze Menge zeigte. Hals. Dekolleté. Die Rundung einer Brust. Beine. Sie trug zu ihren hochhackigen Sandalen keine Strümpfe. Sogar ihre Füße waren schön, ebenso ihre Hände; in der einen hielt sie eine kleine Satin-Handtasche.

Solch eine Schönheit, solch eine Besonderheit, solch eine Vollkommenheit. Scouts ganzer Körper pulsierte vor Lust.

Sie stand neben einer Skulptur, einem heidnischen Gott mit einem koboldhaften Grinsen und einem übertrieben großen Phallus. Scout dachte an den Tag, an dem sie die Statue aufgestellt hatten. An diesem Tag war auf der ganzen Baustelle über nichts anderes geredet worden. Sie hatte eine Unmenge Scherze provoziert, von denen einer obszöner gewesen war als der andere.

Jetzt hätte er geschworen, dass das schamlose Grinsen der Plastik ihm galt. Es war, als wisse der kleine Faun über Scouts physischen Zustand Bescheid und freue sich diebisch darüber. Mit einem Nicken auf die Statue sprach er die Frau an.

»Ein Freund von Ihnen?«

Er hoffte das Beste, rechnete jedoch auch mit einer Abfuhr. Umso mehr weitete sich sein Herz, als sich ihre glänzenden, leicht geschminkten Lippen zu einem

Lächeln öffneten und Zähne zeigten, die so makellos waren wie alles andere an ihr.

»Er ist ein Freund aller Menschen. Eine Gottheit der Fleischeslust.«

Ah, gut. Die Sprache war schon einmal keine Barriere. Sie sprach Englisch. Noch dazu mit einem wunderbaren Akzent. Ihre Stimme war leise und rauchig und wurde untermalt vom Geräusch der Brandung.

Scout lächelte schief.

»Das hätte ich mir denken können. Wie heißt er?«

Sie sagte es ihm. Er runzelte die Stirn.

»Das sind mindestens zwölf Silben, und alle bestehen fast nur aus Vokalen.« Er hatte während seines Aufenthalts ein paar Wörter der hiesigen Sprache gelernt, doch sie hatten alle mit dem Bauwesen zu tun. »Geh wieder an die Arbeit!« war nicht unbedingt das, was er zu dieser Frau sagen wollte.

Doch selbst wenn er die passenden Worte gekannt hätte – was ihm durch den Sinn ging, war unaussprechlich.

Wenn es um Erregung geht, Baby, dann kann der kleine Kerl da absolut nicht mit mir mithalten. Ich bin hart wie ein Stein, und du bist der Grund. Gehen wir zu dir oder zu mir?

Wohl kaum die geeigneten Worte, um ein Gespräch zu beginnen!

»Mein Name ist Scout Ritland.« Er bot ihr seine Hand.

Sie reichte ihm die ihre. Sie war kühl und klein und weich.

»Chantal Dupont.« Während sie die Hand wieder zurückzog, fügte sie sogleich hinzu: »Es hat mich gefreut, Sie kennenzulernen, Mr Ritland«, und wandte sich zum Gehen.

Scout brauchte einen Augenblick, bis er sich nach

ihrem blendenden Lächeln und dem Gefühl ihrer Hand in der seinen wieder gefasst hatte. Sie nahm einen Kiesweg, der in Richtung der Außenanlagen des Hotelgeländes führte, und er hielt mit ihr Schritt.

»Werden Sie im Hotel arbeiten?«, fragte er im Versuch, das Gespräch weiterzuführen.

Sie warf ihm einen amüsierten Blick zu.

»Kaum, Mr Ritland.«

»Was haben Sie dann auf der Party gemacht?«

»Ich war eingeladen.«

Er musste sie am Arm festhalten, damit sie ihm nicht entwischte. Sie wandte sich ihm zu und musterte ihn. Durch die Baumkronen über ihnen fiel das Licht des Mondes und warf geheimnisvolle Schatten auf ihr Gesicht.

»Ich wollte nicht unhöflich sein«, erklärte er. »Natürlich waren Sie eingeladen. Es ist nur, dass ich Sie nie gesehen habe, und ich fragte mich, was …«

»Ich nehme es Ihnen nicht übel«, unterbrach sie ihn leise.

Er starrte sie an, bezaubert von ihrem schönen Gesicht, ihren Augen, ihrem Mund. Seine Hand lag auf ihrem Oberarm. Nie hatte er sanftere Haut gefühlt. Ihr Blick wanderte nach unten und lenkte seine Aufmerksamkeit darauf, dass er sie noch immer berührte.

Bedauernd lockerte er seinen Griff. Erst als er seine Hand sinken ließ, merkte er, dass er in der anderen nach wie vor sein Glas Fruchtpunsch hielt.

»Möchten Sie einen Schluck?«, fragte er und kam sich ein wenig lächerlich vor.

»Nein, danke.«

»Kann ich Ihnen nicht verübeln. Dieses Gebräu hat eine geradezu umwerfende Wirkung.«

Mit der Andeutung eines Lächelns nahm sie ihm das

Glas aus der Hand und setzte es an die Lippen. Den Blick auf ihn gerichtet, leerte sie es in einem Zug und fuhr sich mit der Zunge über die Lippen.

»Es sei denn, man hat sich daran gewöhnt, Mr Ritland.«

Sie reichte ihm das leere Glas, verließ den Pfad und trat in den Dschungel.

Scout blickte ihr verblüfft nach. Eine derartige Menge Alkohol, so schnell getrunken, hätte die meisten erwachsenen Männer umgehauen. Sie hatte das Zeug geschluckt wie Muttermilch und stand noch immer auf den Beinen. Nicht nur das, sie bewegte sich auf dem dunklen Dschungelpfad so leise und gewandt wie ein nächtliches Raubtier. Kaum, dass unter ihren Füßen ein Blatt oder Zweig raschelte. Gerade als ihm dieser Gedanke in den Sinn kam, schlüpfte sie durch eine Wand tief hängender Schlingpflanzen und verschwand.

Er ließ das Glas auf den überwachsenen Pfad fallen und hastete ihr nach, kämpfte sich durch das dichte Laubwerk, ohne auf seinen Smoking zu achten. Ein Insekt surrte an seinem Ohr vorbei wie eine Kugel; er schlug achtlos danach.

»Chantal?«

»Oui?«

Er wirbelte herum. Sie stand fast neben ihm, als wäre sie aus einem der Bäume herausgewachsen. Jetzt kam sich Scout endgültig wie ein totaler Trottel vor. Unbeholfen lockerte er seine Fliege.

»Was sind Sie, eine Nymphe oder so etwas?«

Sie lachte; es klang wie ein erregender Hauch.

»Ich bin durch und durch menschlich, Fleisch und Blut, wie Sie auch.«

Er lockerte den Kragenknopf seines Hemds, doch dann erstarb die Bewegung seiner Finger. Wieder brachte ihn ihre außergewöhnliche Einzigartigkeit zum Innehalten. Seine Augen wanderten von ihrem Scheitel über ihr Gesicht, ihren anmutigen Hals, ihre vollen Brüste, ihren verführerischen Körper hinab.

»Menschlich, ja, Fleisch und Blut, absolut.« Er trat unmittelbar vor sie. »Aber wie ich auch? Nein. Das nun wirklich nicht. So jemand wie Sie ist mir noch nie begegnet.«

Er musste sie berühren, um sich zu vergewissern, dass er nicht träumte. Zuerst umfasste er die Rundung ihres Busens, der sich fast auf Höhe der Achsel aus dem Ausschnitt ihres Kleides wölbte. Er fühlte sich genauso fantastisch an wie er aussah. Er rieb sanft den Knöchel seines Zeigefingers darüber.

Dann ließ er die Fingerspitze an ihrem Hals auf und ab gleiten bis zu ihrem fein geformten Kieferknochen. Seine Hand strich über ihren Nacken; Chantal bewegte die Schultern und bog den Kopf leicht nach hinten, um ihm ihre Lippen zu einem ersten flüchtigen Kuss darzubieten.

Der fruchtige Punsch ließ ihren Atem süß schmecken. Ein Wohlgeruch, der ihm in den Kopf stieg, ihn erregte, seine Leidenschaft noch mehr entfachte. Seine Zunge glitt über ihre Lippen. Er stöhnte ihren Namen, einen Namen, der so bezaubernd war wie sie selbst.

Chantal ließ eine Hand in sein Jackett gleiten und legte sie auf seine muskulöse Brust. Seine Lippen öffneten sich über ihren, pressten und küssten sie schließlich beharrlich, während sich sein anderer Arm um ihre Taille legte.

Sie schmiegte sich herrlich und vollkommen an seinen Körper an. Scout spürte den weichen Druck ihres Busens, die köstlichen Rundungen ihrer Fraulichkeit, die Geschmeidigkeit ihrer Schenkel. Sein Schädel drohte vor Verlangen zu platzen. Durch das Kleid hindurch liebkoste er eine ihrer Brüste, spürte, wie sich unter dem Stoff die Spitze aufrichtete.

Gierig drang seine Zunge in ihren Mund, kostete wieder und wieder ihren Geschmack, zog sich zurück, um sich an ihren Lippen zu laben und dann wieder in die süße Tiefe ihres Mundes abzutauchen.

Das Herz hämmerte ihm rasend im Brustkasten, mit jedem Pulsschlag pochte sein Unterleib. Er drängte sich zwischen ihre Beine. Seine Hand umschloss ihren Po und schob sie hoch und drückte sie an sich; dabei fragte er sich, was sie wohl von seiner spürbaren Erregung hielt und hoffte, sie möge wohlwollend reagieren.

Er stöhnte vor Genugtuung, als sich ihre Hand in Höhe ihrer Hüften zwischen ihren Körpern zu schaffen machte, offenbar auf der Suche nach seinem Reißverschluss.

Umso mehr war er verblüfft, plötzlich etwas Hartes und Kaltes in seiner Magengrube zu spüren. Und kaum dass er diese Wahrnehmung registriert hatte, trat Chantal abrupt zurück, außerhalb der Reichweite seiner Arme.

»Was zum Teufel …«

Die Frage erstarb ihm auf den Lippen, als sein Blick auf die Pistole fiel, die auf seinen Bauch zielte.

Scout glotzte sie entgeistert an.

»Was … was machst du da?«

»Ich richte eine Pistole auf Sie, Mr Ritland«, erklärte sie kühl in ihrem akzentuierten Englisch. »Und wenn Sie nicht tun, was ich sage, bin ich auch bereit, auf Sie zu schießen.«

Ihre Miene war todernst, doch Scout fiel es trotzdem schwer, sie beim Wort zu nehmen. Man konnte diese Frau mit zahllosen Worten beschreiben, aber etwas wie »bedrohlich« gehörte einfach nicht dazu.

»Auf mich schießen? Wieso?«, fragte er mit einem schallenden Gelächter. »Weil ich dich geküsst habe?«

»Weil Sie fälschlicherweise davon ausgingen, dass ich geküsst werden wollte, und mich befummelten wie eine Strandnutte.«

Er stemmte die Hände in die Hüften.

»Was hätte ich denn denken sollen, nachdem du mich hierhergelockt hast?«

»Ich habe Sie nicht gelockt.«

»Ach so, natürlich nicht!«, brauste er auf.

»Sie sind mir gefolgt. Ich habe Sie nicht dazu ermutigt.«

Seine Erheiterung war verschwunden.

»Komm mir nicht mit so einem Quatsch, Prinzessin! Du wolltest, dass ich dir folge. Deine Zurückweisung war nichts anderes als eine Art der Anmache. Und der Kuss und alles andere hat dir gefallen«, behauptete er mit einem verstohlenen Blick auf ihre erregten Brustwarzen. »Du kannst mir nicht das Gegenteil einreden, wenn der Beweis dafür so offenkundig sichtbar ist.«

Ihre Augen begannen gefährlich zu blitzen. Sie richtete sich militärisch stramm auf.

»Hier geht es nicht um Ihre Küsse.«

»Worum dann?«

»Das werden Sie früh genug erfahren. Drehen Sie sich um, und gehen Sie los!«

Er lachte noch einmal höhnisch auf und warf einen Blick auf das undurchdringliche Laubwerk um sie herum.

»Verzeihen Sie das Klischee, aber wir befinden uns mitten im Dschungel.«

»Gehen Sie, Mr Ritland.«

»Aber klar doch!«

»Muss ich Sie daran erinnern, dass ich eine Pistole auf Sie gerichtet habe und Sie deshalb so klug sein sollten zu tun, was ich Ihnen sage?«

Sein Mund verzog sich zu einem arroganten Grinsen.

»Oh, ich fürchte mich ja so«, flüsterte er spöttisch. »Eine Frau, die aussieht wie eine Göttin und küsst wie eine Edelnutte, ist wirklich gefährlich, das gebe ich ja zu. Aber die Waffe ihrer Wahl ist wohl keine Feuerwaffe.«

Voller Empörung schrie sie ihn an: »Wie können Sie es wagen …«

Er stürzte sich auf die Waffe. Ein Handgemenge entstand.

Chantal schrie entsetzt auf, als sich plötzlich ein Schuss löste. Sie standen beide entgeistert da und gafften einander ungläubig an. Dann wankte Scout einen Schritt zurück und blickte auf seinen Schenkel. Blut drang durch den Hosenstoff.

»Du hast mich angeschossen!«, sagte er verdutzt, obwohl das offensichtlich war. Dann wiederholte er wutentbrannt: »Du hast mich angeschossen! Du hast mich tatsächlich angeschossen!«

Mit dem Bewusstwerden kam schlagartig der Schmerz. Er traf Scout voll und hart wie ein Baseballschläger. Lichterkugeln explodierten um ihn herum. Er starrte auf seine Wunde, starrte auf die Frau, brüllte wie eine wild gewordene Bestie und stürzte sich erneut auf sie.

Dieses Mal traf der Schmerz seinen Schädel. Scout brach zusammen und landete auf dem weichen Dschungelboden. Oben, in den Baumkronen, sah er farbige Blitze aufleuchten und verlöschen wie ein elektrisches Kaleidoskop.

Dann wurde es Nacht um ihn, und das Dunkel löschte alles aus.

2

Chantal war fassungslos ob dieser unerwarteten Wendung der Ereignisse.

»*Mon Dieu!* Warum hast du ihn niedergeschlagen, André?«

Der Mann, der hinter Scout aufgetaucht war, kniete neben ihm nieder.

»Ich fürchtete, er würde dir etwas antun.«

»Ich hatte die Situation im Griff. Wie schlimm ist er verletzt?«

»Ich habe nur so fest zugeschlagen, dass er bewusstlos wird.«

Der Selbstzweifel in den Augen des Mannes veranlasste Chantal, ihren kritischen Ton abzumildern.

»Ich weiß, dass du aus Sorge um mich so reagiert hast. Danke. Aber nun müssen wir diese Situation bereinigen.«

Auch sie kniete nieder und beugte sich über den bewusstlosen Ingenieur. Sie durchsuchte seine am leichtesten zugänglichen Taschen und fand ein Tuch, mit dem sie den Schenkel behelfsmäßig oberhalb der Wunde abbinden konnte. Scouts Blut befleckte ihr Kleid.

»Er blutet stark.«

»Der Jeep ist nicht weit weg. Ich trage ihn.«

Der junge Insulaner war beweglich und drahtig, wenn auch lange nicht so groß wie Scout Ritland. Mit Mühe wuchtete er sich den Mann auf die Schulter und rappelte sich mit Chantals Hilfe hoch.

»Er ist schwerer, als er aussieht.«

»Er ist sehr muskulös.«

Ihre Bemerkung veranlasste André zu einem neugierigen Blick auf sie. Chantal schaute hastig weg. Sie wusste, dass Scout muskulös war, denn sie hatte die Hand unter sein Jackett gesteckt und seine Brust gefühlt, hatte die Kraft in seinen Schenkeln gespürt und die Stärke, die sich hinter seiner Schlankheit verbarg.

Bevor sie sich auf ihren Weg durch den Dschungel machten, untersuchte sie noch Scouts Kopf, an dem eine dicke Beule prangte. Als sie sie durch sein dichtes braunes Haar abtastete, stöhnte er.

»Wir müssen uns beeilen, André«, sagte sie und zog die hochhackigen Sandalen aus.

»Oui.«

Geräuschlos bewegten sie sich durch den Wald, obgleich niemand im Hotel sie hören würde, denn dort spielte das Orchester gerade ein flottes Stück in voller Lautstärke. Über der Lagune explodierten Feuerwerkskörper; dieselben Knaller hatten bereits den Pistolenschuss übertönt.

»Ich setze mich mit ihm auf den Rücksitz«, sagte Chantal, sobald sie den Jeep erreicht hatten.

André legte Scouts leblosen Körper neben sie. Sie zog seinen Kopf auf ihren Schoß; die Beine fanden in dem Raum zwischen den Vorder- und Rücksitzen Platz. Dann setzte sich André ans Steuer und startete.

Scout blieb zum Glück die ganze Fahrt über bewusstlos; allerdings stöhnte er fast bei jedem Schlagloch vor Schmerz, und davon gab es auf diesem Dschungelpfad nicht wenige. Chantal blickte in sein Gesicht, beunruhigt darüber, wie bleich es war. Seine dunklen Bartstoppeln verstärkten diesen Eindruck noch.

Die Entführung war geplant gewesen, nicht jedoch, dass ein Schuss fiel. Machismo, Männlichkeitswahn, zuerst bei Scout und bei André, hatte zu unnötiger Gewalt geführt, die sie widerwärtig und schrecklich fand.

Sie hatte einen Menschen angeschossen! Was, wenn er so viel Blut verlor, dass er starb? Was, wenn sie die Kugel nicht entfernen konnte, ohne einen Nerv zu schädigen, und ihn für den Rest seines Lebens zum Krüppel zu machen? Was, wenn sie die Kugel überhaupt nicht herausbrachte?

Die Fragen wurden mit jedem Kilometer, den sie zurücklegten, bedrückender. André fuhr mit der größtmöglichen Sorge um ihren verwundeten Passagier, aber auch mit dem notwendigen Tempo.

Schon bei Tag war die Route in den entlegenen Teil der Insel eine Herausforderung. In der Dunkelheit erwies sich diese Fahrt ein halsbrecherisches Wagnis, denn die Straßen waren nicht mehr als holprige Pisten, die sich über von dichtem Urwald bedeckte Berge schlängelten und zum Teil an Klippen entlangführten, die jäh zum tief darunter anbrandenden Ozean abfielen.

Einmal musste André abrupt bremsen, um nicht eine Ziege zu überfahren, die gerade den Weg kreuzte. Scout ächzte und stieß einen Fluch aus; Chantal drückte seinen Kopf schützend und reumütig an ihre Brüste.

Der Stoff seiner Hose hatte sich über der Wunde mit Blut vollgesogen. Ohne erst groß nachzudenken, schlüpfte sie aus ihrem Kleid, rollte es fest zusammen und drückte es dagegen, um die Blutung einzudämmen.

Sie dachte überhaupt nicht an ihre bloßen Brüste, bis Scout ihr das Gesicht zuwandte. Seine Nase berührte ihren Busen. Sie spürte das Kratzen seiner Bartstoppeln auf ihrer Haut, seine Lippen an ihren Brustwarzen. Aufgeschreckt von den Empfindungen, die durch sie schossen, schüttelte sie die beiden Hibiskusblüten aus ihrem Haar und öffnete den Knoten. Ihre glatten, schwarzen Strähnen fielen über ihre Brust bis zur Taille und verhüllten die nackte Haut wie ein dünnes Hemd.

Als sie endlich die Brücke erreichten, hielt André an.

Zusammen hoben sie Scout aus dem Wagen; André fasste ihn unter den Achseln und Chantal an den Beinen. So trugen sie ihn über den schwankenden Steg.

Die Dorfbewohner witterten Schwierigkeiten instinktiv und kamen aus ihren Hütten, obwohl es mitten in der Nacht war. Fackeln erschienen jenseits der Hängebrücke. Chantal rief nach Hilfe. Sobald sie die andere Seite der tiefen Schlucht erreicht hatten, waren sie von neugierigen, aufgeregt durcheinanderredenden Menschen umringt.

Chantal bat einen der Männer, Scout an den Füßen zu fassen.

»Beeilt euch!«, drängte sie in schnellem Französisch und lief den Hang hinauf zu dem vom restlichen Dorf etwas entfernt stehenden Haus, rannte über die breite Veranda, öffnete die Tür und griff nach der nächsten Laterne.

Als sie sie angezündet hatte, wurde Scout Ritland gerade ins Haus getragen.

»Nach hinten. Rasch, rasch!«

Im rückwärtigen Teil des großen Hauses wurde der Verletzte in einem spärlich möblierten Zimmer, das häufig zur Behandlung von medizinischen Notfällen verwendet wurde, auf einen langen Tisch gelegt. Chantal drehte den Kopf ihres Patienten zur Seite und betrachtete die Beule am Schädel. Sie war deutlich, hatte sich aber nicht vergrößert.

»Wenn ich diese Kugel ohne Komplikationen herauskriege, wird er wieder gesund«, dachte sie laut und zog ängstlich die Unterlippe durch die Zähne. »Und wenn er zwischenzeitlich nicht zu viel Blut verliert. Wenn die Arterie im Oberschenkel … Schneidet ihm die Kleidung auf, ich desinfiziere inzwischen meine Hände.«

Sie reinigte Hände und Unterarme mit einer antiseptischen Lösung, wie sie es bei ihrem Vater gesehen hatte. Dann zog sie einen sauberen weißen Arbeitskittel über ihr Höschen. Sie war nur mit diesem bekleidet angekommen, doch den Dorfbewohnern war das nicht einmal aufgefallen.

Als sie sich umdrehte, lag der Mann, den sie gekidnappt hatte, nackt auf dem Tisch. Die klaffende, blutige Wunde in seinem linken Schenkel sah schlimm aus und musste sofort versorgt werden. Ihr Vater war nicht mehr da; somit fiel diese schauerliche Aufgabe ihr zu, auch wenn sie in Sachen Chirurgie alles andere als bewandert war. Erleichtert stellte sie fest, dass eine der Frauen, die ihrem Vater bei derlei Prozeduren oft geholfen hatte, Scout bereits von den Knien bis zu den Rippen mit einem Desinfektionsmittel abrieb.

Chantal zog eine Spritze mit Morphium auf und injizierte sie in eine Vene ihres Patienten.

»Im Moment kann ich nur diese eine verwenden«, erklärte sie ihren düster dreinblickenden Zuschauern. »André, bitte bleib da. Vielleicht brauche ich dich, um ihn festzuhalten. Nikki, du passt auf die Laternen auf. Sieh zu, dass ich möglichst viel Licht habe.«

»*Oui, mademoiselle.*«

Sie legte sich sterilisierte Instrumente auf einem Tablett zurecht, band sich einen Mundschutz vor das Gesicht und bedeutete ihren Helfern am Tisch, dasselbe zu tun. Dann deckte sie Scouts Beine mit sauberen Tüchern ab, sodass nur die Wunde frei blieb.

Wenn nur Vater hier wäre, dachte sie, als sie das Skalpell in die Hand nahm.

Aber er war fort, und das Leben eines Menschen stand auf Messers Schneide. Falls er starb, würde es in mehr als einer Hinsicht ihre Schuld sein. Dies war mit Abstand die schwierigste Operation, an die sie sich je gewagt hatte, und sie hatte Angst, einen Kunstfehler zu begehen, der Scout Ritland für den Rest seines Lebens schädigen würde. Doch wenn sie es nicht versuchte, war sein Tod gewiss.

Bevor sie die Wunde eingehend betrachtete, betete sie zum christlichen Gott. Dann betete sie noch zu den Göttern, die dem Glauben der Einheimischen zufolge das Dorf und seine Menschen beschützten.

Es war jetzt nicht die Zeit, sich auch noch gegen irgendeine Gottheit zu versündigen.

Nach der Operation war Scout auf ein schmales Bett in einem ungenutzten Schlafzimmer des Hauses gelegt worden. Chantal verließ den Raum tagelang so gut wie nicht. Sie saß an seiner Seite, registrierte jedes Stöhnen und Ächzen ihres Patienten, tupfte Schweiß von seinem Körper, prüfte, ob sich eine Infektion entwickelte.

Obgleich viele ihr anboten, sich zu ihm zu setzen, wenn sie schlief, lehnte sie dies ab. Der Mann unter den dünnen Laken nahm all ihre Zeit in Anspruch und beanspruchte all ihre Aufmerksamkeit. Ihre Gebete drehten sich nur um ihn.

Sie spritzte ihm Penicillin, um eine Infektion abzuwehren. Es quälte sie, dass sie ihm keine Morphiumspritze mehr gegen seine Schmerzen geben konnte. Als die Wirkung der ersten Dosis nachließ, als Scout begann, den Kopf hin und her zu werfen und unzusammenhängend vor sich hin zu murmeln, als er anfing, mit den Lidern zu zucken und mit den Armen zu fuchteln, flößte sie ihm ein starkes alkoholisches Getränk ein, das die Dorfbewohner selbst herstellten.

Sie hob seinen Kopf vom Kissen, hielt ihn an ihre Brüste und setzte eine Tasse an seine Lippen, die sie mit Kakaobutter betupfte. So konnte sie ihm den Schnaps Tropfen für Tropfen verabreichen. Oft wusch sie ihm auch mit kühlem Wasser den Schweiß von Gesicht und Körper.

Während all dieser Prozeduren bemühte sie sich, seine Attraktivität zu übersehen und nur auf seinen ernsten Zustand zu achten. Natürlich musste sie, wenn sie ihm die Lippen mit Kakaobutter eincremte, an seinen Kuss denken, daran, wie gekonnt und köstlich er gewesen war ... und wie sehr er sie dafür hassen musste, dass sie ihn so übertölpelt hatte.

In solchen Momenten wurden die Zweifel bezüglich ihres Tuns am stärksten. Es war ein waghalsiges, riskantes und unleugbar gesetzeswidriges Vorgehen gewesen, aber sie hatte keine Wahl gehabt. Wer keine Alternativen hatte, der handelte aus schierer Verzweiflung.

Während sie an Scouts Krankenbett saß und in sein bärtiges Gesicht blickte, hoffte sie inbrünstig, dass er, wenn sie ihm ihre Lage erklärte, ihre Verzweiflung verstehen und Nachsicht zeigen würde.

Am Abend des dritten Tages kam ihr zum Bewusstsein, dass er das verletzte Bein bis jetzt gar nicht bewegt hatte. Sie begann zu fürchten, dass sie beim Herausschneiden der Kugel, die fest im Muskel gesteckt war, einen Nerv beschädigt hatte. Zur Probe stach sie mit einer Nadel in seine große Zehe. Er zuckte zusammen, stieß einen wilden Fluch aus, und sein Knie schnellte ruckartig hoch.

Chantal entschied, dass es nun an der Zeit sei, ihn aufzuwecken.

Er starrte eine ganze Weile an die Decke. Sie saß neben dem Bett auf einem Stuhl und bemerkte, wie er sich zu orientieren versuchte.

Schließlich drehte er mit einem tiefen Seufzer den Kopf und entdeckte sie durch das Moskitonetz hindurch.

»Du?«, krächzte er und blinzelte.

»Chantal Dupont«, sagte sie so leise, dass es kaum zu hören war.

Trotzdem zuckte er zusammen.

»Du brauchst nicht so zu schreien.«

Er fuhr sich mit der Zunge über die Lippen, schmeckte offenbar die Salbe, die sie aufgetragen hatte, und leckte noch einmal darüber.

»Wo bin ich?« – »Wissen Sie nicht, was passiert ist?«

Es kostete ihn Mühe, den Kopf zu schütteln, aber nichtsdestotrotz versuchte er sogar, sich aufzusetzen, gab es jedoch mit einem Stöhnen wieder auf.

»Du lieber Gott«, keuchte er heiser und bedeckte sich die Augen, »mir platzt gleich der Schädel. Muss ja eine Wahnsinnsparty gewesen sein letzte Nacht.«

Er wusste es nicht. Aber mit der Zeit würde er sich wieder erinnern. Sie wartete. Plötzlich spannte sich sein ganzer Körper an. Er nahm langsam die Hand von den blutunterlaufenen Augen und schaute sie wieder an, doch nun war sein Blick hasserfüllt. Sein Dreitagebart ließ ihn gefährlich aussehen.

»Ich liege nicht deswegen splitternackt und mit einem Riesenkater hier, weil wir die ganze Nacht lang eine Orgie gefeiert haben, stimmt's?«

Sie schüttelte den Kopf. Ihr schwarzglänzendes, über den Rücken fallendes Haar schimmerte.

Scout presste einen Fluch heraus und schnaufte, als er den Grund seiner Schmerzen sah. Sie beobachtete, wie seine Hand unter dem Laken nach der Wunde tastete. Sobald er den Verband um seinen Oberschenkel bemerkte, fixierte er sie mit einem mörderischen Blick.

»Jetzt weiß ich es wieder. Du hast mich angeschossen.«

»Es war ein Unfall«, erklärte sie hastig.

»Von wegen Unfall!«

»Ich hatte die Pistole auf Sie gerichtet, aber ich wollte Ihnen nur drohen. Ich wusste nicht einmal, dass sie geladen war.«

»Es war deine Pistole. Du hattest sie in deiner Handtasche!«

»Ich hatte André gebeten, eine für mich aufzutreiben. Er sagte mir nicht, dass Kugeln darin waren.«

Scout legte wieder eine Hand an die Stirn.

»Wer zum Henker ist denn …«

»André. Der Mann, der Sie bewusstlos geschlagen hat.«

»Na, der versteht sein Handwerk ja bestens.«

Scout stöhnte.

»Ich wusste auch nicht, dass er das tun würde.«

»Ich glaube, ich habe einen Schädelbruch.«

»Nein, das stimmt nicht. Das kommt zum Teil von dem Schnaps.«

»Schnaps?«

»Den habe ich Ihnen gegeben, damit Sie ohnmächtig bleiben.«

»Warum?«

»Weil ich wusste, dass Sie schlimme Schmerzen haben würden. Wir haben aber kaum noch Morphium, und es ist sehr schwer zu bekommen, weil ich …«

Er winkte ab. All diese Erklärungen waren viel zu viel für ihn. Die Augen fielen ihm zu. Chantal stand auf, schob das Moskitonetz zur Seite und beugte sich über ihn. Sie legte eine Hand auf seine Stirn und prüfte, ob er Fieber hatte. Seine Haut war kühl und ein wenig feucht. Dann öffnete er die Augen wieder.

»Wie ernst ist die Wunde?«

»Nicht allzu schlimm. Ich habe die Kugel entfernt.«

»Du hast sie entfernt?«

»Gott sei Dank hat sie weder die Arterie durchtrennt noch einen Knochen oder einen Nerv beschädigt.«

Sie sagte ihm nicht, wie sie das festgestellt hatte. Irgendwie war ihr klar, dass er es nicht gutheißen würde, dass sie ihn in die Zehe gestochen hatte.

»Ihr Bein wird eine Weile steif sein, aber in ein paar Wochen ist es wieder in Ordnung.« Sie schenkte ihm aus

30

einer Porzellankanne etwas in eine Tasse ein. »Trinken Sie das.«

Er schnupperte argwöhnisch.

»Was ist das? Drogen? Alkohol?«

»Brühe mit Kräutern und heilenden Zutaten. Das brauchen Sie, um wieder zu Kräften zu kommen. Sie haben viel Blut verloren, und ich konnte Ihnen keine Transfusion geben.«

Sie hielt ihm die Tasse an die Lippen, doch er weigerte sich zu trinken.

»Warum hast du mich nicht ins Krankenhaus gebracht?«

»Aber das konnte ich doch nicht!«, rief sie ungläubig. »Dann hätte ich die Schussverletzung erklären müssen, und man hätte mich verhaftet.«

»Na ja, das ist eben das Risiko, das man eingeht, wenn man jemanden kidnappt und auf ihn schießt, Prinzessin.«

»Ich bin bereit, die Konsequenzen für mein Tun auf mich zu nehmen. Aber erst, wenn ich Sie nicht mehr brauche. Und jetzt trinken Sie das bitte. Sie müssen etwas zu sich nehmen.«

Trotzig schob er die Tasse beiseite.

»Warum hast du mich entführt?«

»Das habe ich Ihnen schon gesagt. Ich brauche Sie.«

»Wieso, was stimmt nicht mit dir?«

Sie schüttelte perplex den Kopf.

»Ich verstehe nicht, was Sie meinen.«

»Dass du einen Typen halb totschießen musst, um ihn nackt in dein Bett zu kriegen!«

Ihre blauen Augen verdunkelten sich vor Ärger. Sie war versucht, den heißen Inhalt der Kanne über ihn zu schütten; nur die Sorge um seinen körperlichen Allgemeinzustand hielt sie davon ab.

»Trinken Sie das, oder ich muss es Ihnen einflößen«,

sagte sie in demselben Befehlston, mit dem sie einige Tage zuvor gesagt hatte: »Gehen Sie, Mr Ritland.«

Ohne sie aus den Augen zu lassen, nippte er an der Tasse. Dann spuckte er und fluchte abscheulich.

»Was zum Teufel ist denn das für ein Zeug?«

»Wir konnten Ihretwegen nicht eine unserer Kühe schlachten. Dies ist sehr proteinhaltig. Trinken Sie es.«

»Du hast doch gesagt, das ist eine Brühe. Wenn es aber keine Rinderbrühe ist, was ist es dann?«

»Es ist gut für Sie.« – »Ich habe gefragt, was es ist.«

»Trinken Sie!«, wiederholte sie hartnäckig.

»Na gut«, erklärte er nach einem stummen Messen ihrer Kräfte, »ich trinke es. Aber nur, weil ich genug Kraft sammeln will, damit ich aus diesem Bett herauskomme und dich erwürgen kann.«

Von seiner Drohung unbeeindruckt, hielt sie ihm die Tasse an die Lippen. Er trank sie aus und schüttelte sich dann vor Ekel.

»Mehr?«

»Mehr schafft mein Magen im Moment nicht.« Bevor sie sich entfernen konnte, packte er sie am Hemd und zog sie dicht über sein zorniges Gesicht.

»Ich spüre, dass ich gleich wieder ohnmächtig werde. Aber zuvor sagst du mir noch, warum du mir das angetan hast. Warum, um alles in der Welt?«

Sie blickte ihm direkt in die Augen.

»Sie werden eine Brücke für mich bauen, Mr Ritland.«

Sie beobachtete, wie sich ein Ausdruck von Ungläubigkeit in seinem Gesicht breitmachte. Sekunden später begann er zu blinzeln, dann fielen ihm die Augen zu. Seine Hand, die noch den Stoff ihrer Bluse hielt, lockerte den Griff und fiel schließlich herunter, sein Kopf sank auf das Kissen zurück.

Gut. Nun wusste er Bescheid.

3

Als er wieder aufwachte, war der Raum in ein lavendel-farbenes Licht getaucht. Die Fenster hatten keine Glas-scheiben, sondern nur schräg gestellte Jalousien. Jemand hatte sie geöffnet. Ein Luftzug wehte durch das Zimmer. Er konnte den Ozean riechen. Er konnte ihn hören.

Die Schusswunde fühlte sich nicht mehr wie ein heißes Messer an, das sich in seinen Schenkel bohrte; vielmehr ging ein dumpfer, anhaltender Schmerz von ihr aus. Er spürte großen Durst. Die Brühe hatte ein pelziges Gefühl in seinem Mund hinterlassen ... oder vielleicht kam das auch von dem Alkohol, den man ihm eingeflößt hatte.

Er war benommen, aber er hatte nicht mehr dieses Dröhnen im Kopf wie zuvor. Heute? Oder gestern? Ver-dammt, er wusste nicht, welcher Tag war, und schon gar nicht, wie lange die Eröffnung des Coral Reef Resort schon zurücklag. Und wo zum Teufel war er überhaupt?

Er drehte den Kopf – und fuhr überrascht zusammen.

Drei Frauen standen am Fuß seines Betts, unmittelbar hinter dem Moskitonetz. Die eine war jung, schlank und sehr hübsch. Die zweite war ein wenig pummelig und nicht ganz so attraktiv. Und die dritte hatte ein Gesicht, das jede Milch zum Stocken gebracht hätte. Alle drei tru-gen kurze, farbenfrohe Sarongs um die Hüften, ansons-ten nichts. Es war ein beunruhigender Anblick.

Als sie merkten, dass er wach war und sie betrachtete, begannen sie zu kichern und halblaut und aufgeregt auf Französisch miteinander zu reden. Scout zog befangen das Laken über sich, um seine Nacktheit zu verhüllen.

»Wo ist ... wie heißt sie noch gleich – die Prinzessin? Chantal?«, fragte er mit belegter Stimme.

Seine so einfache wie unverfängliche Frage hatte ein ausgiebiges Kichern zur Folge. Scout bemerkte, dass er das Gesprächsthema der drei war. Immer wieder warfen sie ihm verstohlene Blicke zu und lachten dann schallend, was seinen Kopfschmerzen ganz und gar nicht guttat.

»Kann ich bitte etwas zu trinken haben?«

»Sie können.«

Er drehte den Kopf gerade rechtzeitig zur Tür, um seine Entführerin hereinkommen zu sehen. Sie trug ein Tablett mit einem großen Krug Wasser und einem Glas.

»Ich habe Ihnen doch gesagt, dass Sie durstig sein werden.«

Zu den Frauen sagte sie: »*Merci*«, und sprach dann leise auf Französisch mit ihnen.

»Was ist los?«

»Sie bestanden darauf, dass ich mich ausruhen sollte«, erklärte sie ihm und zog das Moskitonetz beiseite, »deshalb haben sie ein Auge auf Sie gehabt, während ich badete und ein wenig schlief. Ich habe mich bei ihnen bedankt, weil sie so gut auf Sie aufgepasst haben.«

Der Blütenduft, der sich mit ihrem Kommen im Raum verbreitet hatte, war also auf ihr Bad zurückzuführen. Auch waren ihre Haare feucht; noch nie hatte er sich so sehr danach gesehnt, mit seinen Fingern durch solch schönes, seidiges, schwarzes Haar zu streichen.

Eine der Insulanerinnen begann, lebhaft zu sprechen. Die anderen beiden legten die Hand auf den Mund in einem vergeblichen Versuch, ihr Kichern zu ersticken.

»Und was ist jetzt?«, fragte er Chantal, die gerade sein Bett zurechtmachte, das Laken straff zog und unter die Matratze klemmte.

Sie vermied es, ihn anzusehen.

»Sie, äh, sagten, Sie hätten geschwitzt, und dass sie Sie mit einem Schwamm gesäubert haben.«

Er wandte sich den Frauen zu.

»*Merci.*«

Sie lachten so sehr, dass sie sich aneinander festklammern mussten.

»Was ist denn so unglaublich lustig? Was ist los, habe ich es nicht richtig ausgesprochen?«

»*Oui*«, erwiderte Chantal, erneut seinen Blick meidend. Ihre Mundwinkel zuckten, denn auch sie musste ein Lächeln unterdrücken.

Das Kichern und Plappern ging Scout auf die Nerven, umso mehr, als er wusste, dass es dabei um ihn ging.

»Worüber reden sie?«

»Über Sie.«

»Das weiß ich auch. Aber was sagen sie?« Er erwischte Chantals Hand. »Stimmt mit meinem Bein irgendetwas nicht? Du hast es mir doch nicht abgenommen, während ich ohnmächtig war, oder?«

Er blickte argwöhnisch unter das Laken.

Sie zog ärgerlich ihre Hand zurück und steckte ihm ein Thermometer in den Mund.

»Wenn Sie es unbedingt wissen wollen – sie sind fasziniert von Ihren Haaren.«

»Meinen Haaren?«, murmelte er und griff sich beunruhigt an den Kopf.

»Ihrer Körperbehaarung.«

Fast hätte Scout das Thermometer verschluckt, doch er zog es noch rechtzeitig aus dem Mund und griff unwillkürlich wieder nach dem Betttuch.

»Meiner was?«

»Die Männer der Insel haben keine Haare auf der Brust. Sie dagegen« – sie stockte und schluckte schwer – »eine ganze Menge, Mr Ritland.«

Für eine Ärztin kam sie Scout wirklich schüchtern vor. Andererseits, wenn sie daran gewöhnt war, nur Einheimische zu behandeln, leuchtete es ein, dass seine haarige Brust sie vielleicht nervös machte.

»Müssen sie hierbleiben?«, fragte er mit einem Kopfnicken auf die barbusigen Frauen. »Reicht es nicht, dass ich dir unterworfen bin?«

Chantal bedankte sich bei den dreien und brachte sie zur Tür. Während ihre nackten Füße lautlos über den glatten Holzboden trippelten, schnatterten sie munter weiter wie bunte Vögel.

»Mein Gott, da kann man ja verrückt werden. Worüber reden sie denn nun wieder?«

»Sie sprechen kein Französisch?«

»Ich kann nach einer Speisekarte bestellen, solange ich keine Sonderwünsche habe. Aber dieses Gebrabbel ist viel zu schnell für mich.«

Obwohl sie nun selbst fast losgelacht hätte, gab sie den Frauen mit einer Geste zu verstehen, leise zu sein. Dann sagte sie zu Scout: »Sie sagen, ich habe Glück, weil ich Sie pflegen darf.«

»Warum das denn?«

»Weil … weil Sie der Ehrengast des Dorfes sind.«

»Quatsch.«

Er hatte genug Menschenkenntnis, um zu merken, wann er belogen wurde. Dieses blauäugige Puppengesicht war nicht aufrichtig. So etwas zu merken, hatte er auf die harte Tour gelernt. Sie sagte ihm nicht die Wahrheit.

Plötzlich hörte er ein Wort, das er kannte. Er setzte sich rasch auf, zeigte auf die Frau, die gerade sprach, und rief: »Das habe ich verstanden! Dieses Wort kenne ich. Das ist … das ist …«

Er schnippte mit den Fingern, während sich seine Erinnerung durch den zähen Gedankensumpf der letzten Tage quälte, in denen er ohnmächtig gewesen war. »Das ist diese Statue! Dieser Kerl mit dem koboldhaften Grinsen und dem riesigen …«

Sein Blick fand Chantals Augen, doch sie wandte ihm hastig den Rücken zu, scheuchte die Frauen endgültig hinaus und blieb noch eine Weile bei ihnen. Als sie wiederkam, schenkte sie Scout ein Glas Wasser ein. Sie gab sich kühl und unerschütterlich, doch ihre Wangen waren verräterisch gerötet.

»Möchten Sie ein Glas Wasser, Mr Ritland?«

Er nahm es und trank, nicht ohne ihr einen bewundernden Blick zuzuwerfen. Diese Frau hatte sich offenbar sehr gut unter Kontrolle.

Oder doch nicht? Er musste es herausfinden, er musste sie auf die Probe stellen. Die Stärken und Schwächen seines Feindes zu kennen, war schließlich der erste Schritt, um ihn zu besiegen.

Als er ihr das Glas zurückgab, berührte er ihre Fingerspitzen und fragte einschmeichelnd: »Wer hat eigentlich bei mir die Abreibungen mit dem Schwamm gemacht, bevor die drei Helferinnen aufgetaucht sind?«

»Ich, Mr Ritland.« Ihre Miene blieb unerschütterlich.

»Ach ja?«

»Noch etwas Wasser?«

»Nein danke. Im Augenblick nicht, aber lass den Krug einfach stehen.«

Sie stellte das Glas auf das Tablett und zündete die Lampe an, denn inzwischen war die Sonne ganz untergegangen.

»Die Peinlichkeit einer versuchten Verführung können Sie uns beiden ersparen, Mr Ritland. Das wird nicht funktionieren. Ich habe alles in meiner Macht Stehende unternommen, um Sie hierher zu bekommen. Sie werden mich nicht durch Geld und gute Worte dazu bringen, Sie gehen zu lassen, ehe Sie alles zu Ende gebracht haben.«

Ihre kühle, ruhige und gefasste Art ärgerte ihn nicht weniger als das, was sie gesagt hatte. Er warf das Laken zurück und schwang die Beine über die Bettkante. Der Schmerz, der durch seinen Schenkel jagte, und von dort in sämtliche Nervenenden seines Körpers, verursachte ihm Übelkeit. Er biss die Zähne zusammen und schwankte vor Benommenheit. Er fühlte sich so schwach wie ein junges Kätzchen und musste sich an der dünnen Matratze festhalten, um nicht umzukippen.

»Ich komme hier heraus«, presste er zwischen den vor Pein und Wut zusammengebissenen Zähnen hervor.

»Ihre Chancen dafür sind nicht der Rede wert, vor allem, weil Sie noch mehrere Tage überhaupt nicht in der Lage sein werden zu laufen.« Aus ihrer melodischen Stimme war fast so etwas wie Mitleid herauszuhören. »Außerdem haben Sie keine Ahnung, wie Sie hierhergekommen sind, denn das Coral Reef befindet sich auf der anderen Seite der Insel. Das dazwischen liegende Terrain ist gebirgig, nicht erschlossen und unbewohnt. Das Dorf verfügt nur über einen Jeep. Er gehört meinem Vater und ist sorgfältig versteckt, extra Ihretwegen. Sie können keinen der Inselbewohner dazu bringen, Ihnen das Versteck zu zeigen; bitte verletzen Sie sie nicht, indem Sie es versuchen. Und zu Fuß, auf einem Bein, würden Sie es schlicht und ergreifend nicht schaffen, dorthin zurückzukommen, wo für Sie die Zivilisation beginnt.«

»Wirst schon sehen, Prinzessin.«

Sie lächelte nur.

»Wie Sie wollen. Haben Sie Hunger?«

»Ich könnte ein Pferd verspeisen.«

»Gut. Genau das bekommen Sie.«

Sie ließ ihn zurück, auf die leere Türöffnung starrend. Scout verfluchte halblaut seine Schmerzen, seine Schwäche und seinen Leichtsinn, der ihn in diese Situation gebracht hatte.

Er hätte von Anfang an wissen müssen, dass sie einfach zu gut war, um wahr zu sein. Was war er nur für ein Idiot gewesen! Wenn er nicht so scharf auf sie gewesen wäre und so besoffen von diesem tödlichen Punsch, dann hätte er sich sehr viel vorsichtiger verhalten. Aber nein, wie der letzte Trottel hatte er sich in ein Abenteuer gestürzt, und jetzt steckte er bis zum Hals im Schlamassel.

Obwohl es ihn ein enormes Maß an Mühe und Kraft kostete, die er gar nicht hatte, blieb er auf der Bettkante sitzen. Irgendwie fühlte er sich so weniger hilflos. Wenn er sich hinlegte, war er ihr wirklich auf Gedeih und Verderb ausgeliefert.

Sie kam mit einem neuen Tablett zurück. Darauf stand die Teekanne, die er bereits kannte, und ein Glas mit einer milchigen Substanz.

»Von diesem Gesöff trinke ich nichts mehr«, erklärte er dickköpfig und hoffte, bestimmter zu klingen, als er sich fühlte.

»Dann muss ich Sie zwangsernähren.«

Mit grimmiger Miene schaute er zu, wie sie etwas von der dampfenden Brühe in eine Tasse goss.

»Ist dieses Zeug wirklich aus gekochtem Pferdefleisch?«

»In vielen Teilen der Welt gilt das als Delikatesse.«

»Hundefleisch ebenfalls. Aber deshalb habe ich noch lange nicht vor, welches zu essen.«

»Dieses Pferd hat für Sie sein Leben gelassen. Also könnten Sie wenigstens ein bisschen Dankbarkeit zeigen.«

»Wenn ihr schon keine Kuh für mich schlachten wolltet, warum dann ein Pferd?«

»Eigentlich«, sagte sie mit einem leichten Stirnrunzeln, »wurde das arme Geschöpf tot am Straßenrand gefunden – bevor das Fleisch verderben konnte.«

»Vergiss es, Florence Nightingale.«

Er schob die Tasse, die sie ihm reichte, beiseite.

Sie warf ihm ein bezauberndes Lächeln zu.

»Sie wollen doch stark werden, um mich zu erwürgen, nicht wahr? Oder haben Sie es sich anders überlegt?«

Scout entriss ihr die Tasse, doch dabei verschüttete er einen Teil der heißen Flüssigkeit auf seine Brust.

»Ah, verdammt!«

Chantal reagierte rasch. Mit einer Leinenserviette, die auf dem Tablett bereitlag, tupfte sie seine Brust ab. Als sie sich über ihn beugte, glitten Strähnen ihres Haars über ihre Schulter und streiften seinen Schoß, der nur mit einem Zipfel des Lakens bedeckt war.

Sein Unterleib zog sich unwillkürlich zusammen. Das Gefühl ihres Haars auf seinem Bauch und seinen Schenkeln war, als würde er von schwarzen Satinbändern liebkost. Sie mochte durchgeknallt sein, vielleicht sogar gefährlich, aber dennoch verlangte es ihn danach, ihr Haar zu streicheln und ihre Haut und sie überall zu küssen.

Er ergriff eine Strähne ihres Haars und hob sie von seinem Schoß. Ihre Hand schwebte nur Zentimeter über seiner Brust; ihr Blick traf den seinen, ihre Gesichter waren sich nahe. Er spürte Chantals schnellen Atem auf seinen Wangen, hörte ihn zwischen ihren feuchten, geöffneten Lippen hindurchstreichen.

Verdammt, er wollte diesen Mund wieder auf seinem spüren.

»Meiner Brust geht es gut«, sagte er gepresst.

Sie richtete sich auf und legte die Serviette auf das Tablett zurück. Er trank rasch die scheußliche Brühe und verzog beim letzten Schluck das Gesicht.

»Wann bekomme ich etwas zu beißen? Oder ist es Teil deines Plans, mich durch Hunger zu schwächen und mir nur Pferdebrühe zu geben, damit ich gerade eben am Leben bleibe?«

»Nein. Ich möchte, dass Sie so bald wie möglich wieder bei Kräften sind.«

»Damit ich … was war es noch? Dir eine Brücke bauen kann?«

»Richtig«, erwiderte sie in vollkommenem Ernst.

»Du warst zu lange in der tropischen Sonne, Prinzessin«, sagte er mit einem verbissenen Lachen. »Ich werde überhaupt nichts bauen, außer einer hieb- und stichfesten Anklage gegen dich. Parrish Island ist seit dem Ende des Zweiten Weltkriegs Territorium der Vereinigten Staaten, wie du wohl weißt. Heidnisch und primitiv wie es ist«, meinte er mit einem Blick auf die Kerosinlampe, »besitzen dennoch alle unsere Gesetze Gültigkeit. Du gehst ins Gefängnis, sobald ich es schaffe, dich dorthin zu bringen.«

»Vielleicht. Aber zuerst bauen Sie mir eine Brücke.«

»Was für eine Brücke? Und was zum Teufel ist das nun?«, fragte er giftig, als sie versuchte, ihm das andere Glas aufzudrängen, das sie mitgebracht hatte.

»Kokosmilch. Die werden Sie mögen.«

Er leerte das Glas. Nach der Brühe schmeckte der Inhalt so gut wie ein Milchshake.

»Okay, ich habe sie getrunken. Jetzt beantworte meine Frage.«

»Welche Frage?«

»Von welcher Brücke redest du andauernd?«

»Darüber sprechen wir morgen früh. Müssen Sie zur Toilette?«

»So dringend, dass ich fast Tränen in den Augen habe.« –
»Das hätten Sie mir sagen sollen.«

Sie holte eine Porzellanschüssel unter dem Bett hervor.

Scout betrachtete erst die Schüssel, dann Chantal, und
spürte, wie ihm das Blut in die Wangen schoss.

»Na klar.«

»Es ist ein bisschen komisch, wenn Sie jetzt schamhaft
erröten, Mr Ritland, ich pflege Sie nämlich schon seit Tagen. Sie haben keine Geheimnisse vor mir. Benutzen Sie
die Schüssel, oder leben Sie mit den Konsequenzen.«

Er biss sich auf die Innenseite seiner Wangen. Sie
schien entschlossen. Sein Körper war es auf alle Fälle.

»Wäre es zu viel verlangt, ein wenig Privatsphäre zu
haben?«

Sie wandte sich abrupt um und verließ das Zimmer.

Tolle Beine, dachte er, während sein Blick ihr folgte.
Sie trug ganz gewöhnliche Shorts, nicht einen der Sarongs, in die sich die einheimischen Frauen kleideten.

Und Scout war fast erleichtert, dass sie auch ein Oberteil anhatte, ein Hemd aus dünner Baumwolle, dessen
Zipfel an der Taille zusammengeknotet waren. Der sanften Bewegung ihrer Brüste nach hätte er gewettet, dass
sie darunter nichts trug.

Doch das Hemd war da, und darüber war er froh. Es
wäre nicht leicht gewesen, wütend auf sie zu sein, wenn
sie dauernd oben ohne herumgelaufen wäre. Es war ja
schon schwer genug, angesichts ihrer nackten Füße und
Beine keine Gefühle zu entwickeln.

Sie klopfte, bevor sie wieder eintrat. Gedemütigt wie
nie zuvor in seinem Leben schmollte er, während sie
zügig und gewandt den Inhalt der Bettschüssel ent-
sorgte.

»Ich finde, Sie sollten sich hinlegen, Mr Ritland. Sie
fangen an, blass zu werden.«

Sie versuchte, ihn an den Schultern nach unten zu drücken.

Sein Arm schoss vor und schlang sich um ihre Taille. Mit der anderen Hand packte er sie an den Haaren. Sie zuckte vor Schreck zusammen, und so lockerte er seinen Griff wieder ein wenig.

»Hast du mich zufällig ausgewählt?«, presste er hervor. Seine Lippen waren weiß vor Schmerz, Wut und Frustration.

»Nein.«

»Diese einladenden Blicke, die du so deutlich ausgesandt hast, hatten nichts zu tun damit, dass ich dir gefalle, nein? Du hast mich also nicht aus der Menge herausgeholt, weil du mich für attraktiv hältst.«

»Das wird Ihrem Ego nicht gut tun, Mr Ritland, aber nein, Ihr Aussehen hat für mich keinen Unterschied gemacht.«

»Ich war von Anfang an dein Ziel.«

»Ja.«

»Du hattest mich ausgesucht und auf der Party dann dafür gesorgt, dass du mir auffällst.«

»Richtig.«

Er zog sie noch näher zu sich. Ihre Beine stießen an die seinen, aber er merkte lediglich, wie kühl und glatt sich ihre Haut anfühlte. Die Schmerzen spürte er kaum.

»Warum, verdammt noch mal? Sag es mir!«

»Ich habe es schon gesagt. Wegen der Brücke.«

»Was für eine idiotische Brücke denn?«

Sie befreite sich aus seinem Griff und warf mit einer heftigen Bewegung ihre Haare über die Schultern nach hinten.

»Das erkläre ich Ihnen, wenn Sie wieder kräftiger sind, vielleicht schon morgen.«

Ohne den Blick von ihren Augen zu lösen, ließ er zu,

dass sie ihn zurück auf das Kissen legte. Dann stellte sie sicher, dass er das Wasser erreichen konnte, legte das Moskitonetz ums Bett und löschte die Laterne.

Er hörte ihre nackten Füße auf dem Holzboden und verfolgte ihre Silhouette, wie sie aus dem Zimmer verschwand.

Lange noch starrte Scout in die Dunkelheit, unfähig zu schlafen. Er konnte sich nicht einmal entspannen, dazu war das Chaos in seinem Kopf viel zu groß.

Er beschimpfte sich, weil er sich benommen hatte wie ein Einfaltspinsel.

Warum zum Teufel ließ er zu, dass sich diese Situation fortsetzte? Sie war schlau und geschickt, okay, aber er war schließlich auch kein Schwachkopf. Nicht wenige hielten ihn sogar für ziemlich klug.

Er war größer und wohl an die dreißig bis fünfunddreißig Kilo schwerer als sie. Obwohl sie die einheimischen Frauen deutlich an Größe übertraf, hatte sie ihm sogar mit ihren hohen Absätzen gerade bis ans Kinn gereicht. Was das anbelangte, passten sie wirklich perfekt zusammen, perfekt zum Küssen und um …

»Mist!« Er fluchte in das Dunkel hinein, das lediglich von dem spärlichen Mondlicht erhellt wurde. Er wollte nicht an den Kuss denken, sonst würde er dem Vergleich der Frauen zwischen ihm und der erotischen kleinen Statue nur noch mehr Grund geben. Außerdem musste er sich darauf konzentrieren, was er in seiner misslichen Lage tun konnte.

Chantal Dupont schien hier zwar viel Macht und Ansehen zu genießen, doch er sah nirgendwo bewaffnete Wächter. Wie schwer konnte es sein, sie zu überwältigen und zu fordern, dass sie ihn mit dem Jeep ihres Vaters zurück auf die zivilisierte Seite der Insel fuhr?

Und wo war die Pistole, mit der sie ihn verwundet

hatte? Ganz bestimmt würde er sie nicht finden, wenn er liegen blieb, in diesem Bett, das eher für einen Liliputaner geeignet war als für ihn.

Mit diesem aufrührerischen Gedanken schlug er das Laken zurück, schob das Moskitonetz zur Seite und setzte sich auf. Wieder verursachte ihm diese Bewegung einen rasenden Schmerz im linken Schenkel, doch er gab nicht auf.

Als er stand, das verwundete Bein Zentimeter über dem Boden haltend, wurde ihm bewusst, dass er nackt war. Er nahm ein Handtuch vom Nachttischchen und band es sich um die Hüften. Das war nicht viel, aber besser als gar nichts.

Irgendwann hatte er in einer Ecke einen Besen entdeckt; dorthin hüpfte er nun auf einem Bein und stützte sich dabei auf den Möbeln ab.

In der Ecke angekommen, stand ihm bereits der Schweiß auf der Stirn und er schnaufte, als sei er zehn Kilometer einen Berg hochgelaufen. Den Besen als behelfsmäßige Krücke benutzend, humpelte er zur Tür. Seiner Benommenheit wegen kam sie ihm völlig schief vor.

Es war still im Haus. Das einzige Geräusch kam von dem ewigen Anbranden des nahen Ozeans. Zuerst suchte er nach irgendwelchen Anzeichen für Elektrizität, aber wie er vermutet hatte, gab es weder Strom noch ein Telefon.

Doch das Haus war gut möbliert, makellos sauber und voller persönlicher Dinge. Überall gab es Bücher, in Regalen, Stapel davon auf Tischen, sogar auf dem Boden. Manche waren auf Französisch, manche auf Englisch.

So geräuschlos wie möglich humpelte er durch das geräumige Wohnzimmer und einen Flur entlang, vorbei an einem Schlafzimmer, in dem ein aufgeschlagenes, aber leeres Bett stand, zu einem weiteren großen Zimmer, das durch einen geschnitzten Raumteiler in einen Schlaf- und einen Arbeitsbereich aufgeteilt war.

Das große Bett schien unbenutzt, doch im Arbeitsbereich sah er Chantal in einem Ledersessel sitzen. Eine schwaches Licht verbreitende Kerosinlampe warf tiefe Schatten über ihr Gesicht. Die Beine hatte sie auf einen Schreibtisch gelegt, der mit Papier übersät war. Sie trug eine Brille, in ihrem Schoß lag ein offenes Buch, und sie las so konzentriert, dass sie Scout nicht bemerkte.

Ihr Haar hing wie ein dichter Vorhang über die Lehne des Sessels hinab, nur ein paar Strähnen umrahmten ihre makellosen Wangen. Ihre Bluse war aufgeknöpft und aufgeknotet, als habe sie sie ausziehen wollen und es sich dann anders überlegt.

Scout sah die vollkommene Wölbung ihrer Brüste, die Brustwarzen, die für die Lust eines Mannes wie gemacht schienen, und sofort begann außer seiner Schusswunde noch etwas anderes heiß zu pulsieren.

Er versuchte, lüsterne Gedanken beiseite zu schieben, doch seine Stimme war belegt und heiser, als er das Gespräch wieder da aufnahm, wo sie es zuvor abgebrochen hatten.

»Du erklärst es mir jetzt.«

Sie fuhr zusammen. Ihre Füße trafen auf den Boden auf, das Buch glitt von ihrem Schoß, sie riss den Kopf in die Höhe. Durch die große Brille erkannte sie trotz der tiefen Schatten seine Gestalt. Es bedurfte einiger Sekunden und seines heißhungrigen Blicks, bis sie bemerkte, dass ihre Bluse weit offen stand. Sie band die Zipfel wieder zusammen und nahm die Brille ab.

»Mr Ritland, wie haben Sie es geschafft ...«

»Jetzt lass gefälligst dieses Getue mit Mr Ritland, ja? Ich bin kein formeller Gast in deinem Haus. Ich bin dein Gefangener. Du hast mich nackt gesehen, und ich habe mir dich nackt gewünscht, vor allem, als ich meine Zunge in deinem Mund hatte und deine Brustwarze liebkoste. Ich denke, da könnten wir uns ruhig duzen, meinst du nicht?«

Er hatte eine perverse Freude daran, zu sehen, wie sehr seine hämischen Worte sie beleidigt hatten. Gleichzeitig wunderte er sich über seine Grobheit. Zu Hause wäre es ihm nicht im Traum in den Sinn gekommen, so mit einer Frau zu reden. Er hatte zwar von Männern gelesen, die, nachdem sie von Gesellschaft und Zivilisation getrennt wurden, in einen Zustand der Wildheit zurückfielen, doch von sich selbst hätte er ein solches Verhalten niemals erwartet. Schon gar nicht nach so kurzer Zeit.

Andererseits hatte ihn diese Frau ungeheuer provoziert, diese Frau mit ihren atemberaubenden blauen Augen, die nun sein Gesicht erforschten, als suchten und erwarteten sie eine Entschuldigung. Er schnaubte frustriert. Ihre gekränkte Miene gab ihm das Gefühl, der Böse zu sein.

»Zumindest könntest du mir zugestehen, dass ich jeden Grund habe, verärgert und wütend zu sein.«

»Das tue ich«, räumte sie ruhig ein. »Ich hatte wirklich nicht vor, auf dich zu schießen. Es tut mir leid.«

»Tja, aber nun ist es eben passiert, nicht wahr? Und was ist nun mit dieser Brücke?«

»Bist du sicher, dass du die Erklärung auf der Stelle hören willst?«

»Allerdings.«

»Dann setz dich bitte – Scout«, fügte sie mit einem Lächeln hinzu.

Dankbar ließ er sich ihr gegenüber in einen Sessel sinken.

4

Selbst im schwachen Licht der Lampe konnte Chantal sehen, wie blass seine Lippen waren. Sie wusste, dass er große Schmerzen litt. Bei seinem entkräfteten Zustand kam die Entfernung von seinem Zimmer bis hierher einer großen Reise gleich. Seine Haut wirkte grau und feucht, Schweißperlen standen ihm auf der Stirn. Der Schweiß hatte die dunkelbraunen Strähnen durchnässt, die über seine Brauen fielen.

Und dennoch strahlte er Entschlossenheit aus, mehr als Erschöpfung und Pein. Sie erwog, dass sie ihn lange genug uninformiert gelassen hatte. Wo sollte sie beginnen?

»Du kannst dich nicht daran erinnern, weil du bewusstlos warst«, sagte sie ihm, »aber als du herkamst, trugen André und ich dich über einen Steg, der eine tiefe Schlucht überspannt. Diese Schlucht trennt das Dorf vom Rest der Insel. Und der Steg ist gefährlich. Er muss dringend ersetzt werden. Ich habe dich hierher gebracht, damit du meinen Leuten eine neue Brücke baust.«

Sie beobachtete ihn, während er ihre Worte überdachte. Seine Miene blieb unbewegt, doch sie bemerkte einen verräterischen Funken von Interesse in seinen Augen aufblitzen. Schöne Augen. Helle, goldbraune Augen.

Sie wandte ihre Aufmerksamkeit wieder von ihnen ab und bemerkte, dass er, ohne sich dessen bewusst zu sein, seinen Schenkel oberhalb des Verbands massierte.

»Hast du Schmerzen?«

Er hielt inne und zog eine missmutige Miene.

»Nein«, log er.

»Ich könnte dir etwas geben.« – »Unter keinen Umständen, Miss Dupont. Immer wenn du mir etwas gibst, bin ich danach stundenlang ohnmächtig.«

»Eine Schmerztablette?«

»Erzähl mir von der Brücke«, überging er ungeduldig ihre Frage. »Ich vermute, wir reden nicht von einem kleinen Fußgängersteg.«

Sie machte eine abweisende Geste und versuchte, teilnahmslos zu klingen.

»So an die hundert Meter Spannweite etwa.«

»Du lieber Gott!« Er lachte kopfschüttelnd.

Verärgert schnauzte Chantal ihn an: »Es freut mich ja, dass du das alles so amüsant findest. Aber ich kann dir versichern, dass diese Brücke für meine Leute lebenswichtig ist. Meine Leute …«

»Deine Leute?«, rief er. »Wer oder was bist du denn eigentlich?«

Sie hielt diese Frage für fair. Trotzdem erwiderte sie lediglich lakonisch: »Chantal Dupont.«

»Das weiß ich bereits.«

Er rieb wieder sein Bein, scheinbar ohne es zu registrieren. Als er merkte, dass sie ihn dabei beobachtete, hörte er auf.

»Bist du so etwas wie eine Hohepriesterin? Eine Majestät? Missionarin? Was?«

Sie musste über seine Mutmaßungen lächeln.

»Nichts derart Grandioses. Aber ich wurde in diesem Dorf geboren.«

Sie griff nach einem silbernen Bilderrahmen und drehte ihn so, dass er das Foto darin sehen konnte. »Mein Vater, meine Mutter.«

Er nahm das Bild in die Hand und betrachtete es eingehend. Chantal beobachtete genau seine Reaktion auf den weißen Mann und die polynesische Frau.

Als er es wieder auf den Schreibtisch stellte, bemerkte er: »Du hast die Augen deines Vaters. Aber der Rest ist von deiner Mutter.«

»Danke. Sie war sehr schön.«

»War?«

»Sie ist schon vor Jahren gestorben.« Chantal blickte auf das schöne, zarte Gesicht auf dem Foto. »Ich weiß, du bist neugierig, aber wahrscheinlich zu höflich, um Fragen zu stellen.«

Er rutschte unruhig in seinem Sessel und gab ihr schuldbewusst zu verstehen, dass sie recht hatte.

»Mein Vater«, begann Chantal, »Dr. George Dupont, diente in der französischen Marine. Er war vor dem Ausbruch des Zweiten Weltkriegs auf der Insel stationiert. Wie du wahrscheinlich bemerkt hast, hat dieses Eiland durchaus verführerische Seiten. Nach dem Krieg herrschte in Frankreich Chaos; deshalb kam er zurück, um hier zu arbeiten und zu studieren, obwohl die Insel inzwischen Territorium der Vereinigten Staaten geworden war. Er lernte meine Mutter, Lili, kennen und verliebte sich in sie. Sie heirateten.«

»Deinem wehmütigen Blick nach zu urteilen, lebten sie offenbar nicht glücklich und zufrieden«, meinte Scout.

»Mutter war zum katholischen Glauben übergetreten. Trotzdem wurde sie ausgegrenzt, als sie mit meinem Vater nach Frankreich ging. Besser gesagt, beide wurden geschnitten. Die Duponts waren eine alte, aristokratische Familie. Dass sie den größten Teil ihres Besitzes an die Nazis verloren hatten, schien nicht ins Gewicht zu fallen. Die Mitglieder der Familie betrachteten sich als Angehörige der Elite.«

»Da war es wohl undenkbar, eine polynesische Frau in ihrer Mitte willkommen zu heißen.«

Chantal senkte bejahend den Kopf.

»Obwohl sie sogar etwas französisches Blut hatte.«
Immer wenn sie an die Vorurteile dachte, mit denen ihre
schöne Mutter zu kämpfen gehabt hatte, überkam sie die
Sehnsucht nach ihr. In gewisser Weise hatte Chantal
selbst solche Erfahrungen gemacht, obwohl sie nur halb
so exotisch aussah wie Lili, was diese von den Duponts
und allen früheren Freunden und Kollegen ihres Vaters
entfremdet hatte.

»Und deshalb«, erzählte sie seufzend weiter, »kehrten
sie nach Parrish Island zurück. Mein Vater setzte seine
Arbeit und seine Forschungen hier fort. Er baute dieses
Haus und stattete es so gut aus, wie es eben möglich war.
Er machte die Dorfbewohner mit einigen modernen An-
nehmlichkeiten bekannt. Das führte dazu, dass sie in
einem gewissen Maß auf seine Obhut angewiesen waren.«

»Und so wurde er eine Art Vaterfigur für sie.«

»Genau.«

»Wann kommst du mit in die Geschichte? Du bist ja
noch nicht so alt.«

»Meine Mutter wurde nach der Hochzeit jahrelang
nicht schwanger; später erfuhr ich, dass das sehr schlimm
für sie gewesen ist. Aber schließlich bekam sie mich. Sie
schrieb in ihr Tagebuch, dass die Zeit, in der sie mich im
Leib trug, die glücklichste ihres Lebens war.«

Sie zog die Augenbrauen zusammen.

»Aber sie befand sich bereits in einem Alter, in dem das
Austragen eines Kindes ohne eine gute Mutterschaftsvor-
sorge schwierig ist. Die Schwangerschaft erwies sich als
kompliziert. Sie hat sich nie völlig davon erholt. Sie
starb, als ich noch sehr jung war. Meine Erinnerung an
sie ist sehr dürftig – ein lächelndes Gesicht und französi-
sche Kinderlieder, die sie mir oft vorsang.«

Sie schwiegen einige Augenblicke lang. Chantal verlor
sich in ihren bittersüßen Träumereien.

Schließlich fragte Scout: »Warum ist dein Vater nach Lilis Tod nicht mit dir nach Frankreich zurückgegangen?«

»Zu der Zeit war er schon mehr auf der Insel zu Hause als in Paris. Seine Arbeit war hier. Er hatte sich an das gemächliche Tempo des Lebens auf der Insel angepasst. Die Dorfbewohner brauchten ihn. Außerdem«, fügte sie mit einem traurigen Lächeln hinzu, »wollte er meine Mutter nicht verlassen.«

»Aber er hat dafür gesorgt, dass du die Insel verlassen hast.«

»Woher weißt du das?«, fragte sie überrascht.

Er deutete mit einer Kopfbewegung auf die gerahmten Diplome an der Wand hinter ihr.

»Der Stolz eines Vaters«, sagte sie mit einem Achselzucken, das sie von George Dupont geerbt hatte. »Ich besuchte die englische Schule auf dem Militärstützpunkt.«

»Und deshalb sprichst du so gut Englisch.«

»Danke. Nachdem ich die High School abgeschlossen hatte, schickte er mich nach Kalifornien aufs College.«

»Schickte?«

»Ich wehrte mich mit Händen und Füßen.«

»Wieso? Man sollte doch meinen, es hätte dir gefallen, einen anderen Teil der Welt zu sehen.«

Chantal neigte den Kopf zur Seite; seine Aussage schien sie zu verblüffen.

»Weshalb denn?« Sie breitete die Arme aus. »Das ist das Paradies. Nach dem, was man mir im Geschichtsunterricht beigebracht hatte, gab es überall sonst auf der Welt schreckliche Kriege und Rebellionen, Unterdrückung und Sklaverei.«

»Eins zu Null für dich«, räumte Scout grimmig ein. »Aber warum die Vereinigten Staaten und nicht Frankreich?«

»Ich hatte die doppelte Staatsbürgerschaft. Aus irgendeinem Grund dachte Vater, Amerika würde besser für mich sein als Europa.«

»Und, war es das?«

Chantal ging lächelnd zur Hausbar und schenkte sich einen Cognac ein.

»Möchtest du auch einen?«

»Nein, danke. Ich schwöre dem Alkohol ab.«

»Als ich in die Staaten kam, merkte ich, dass es dort gar nicht so schlecht war. Ich entdeckte Cheeseburger, Rockmusik und Filme. Und zu meiner eigenen Überraschung gefiel es mir, modische Kleidung zu tragen.« Sie rollte den Cognacschwenker zwischen den Händen und genoss das Bouquet des Weinbrands. »Ich hatte natürlich schon eine gewisse Ahnung von all diesen Dingen, denn während meiner Schulzeit verbrachte ich viel Zeit auf den Militärbasen hier.«

»Ich wette, die Soldaten und Matrosen haben dich umschwärmt wie die Motten das Licht.«

Chantal nippte an ihrem Glas. Äußerlich erschien sie gelassen, doch Scouts neckische Worte wühlten sie auf. Sie war häufig eingeladen worden, ja, hatte aber rasch gelernt, selbst bei scheinbar arglosen Verabredungen vorsichtig zu sein.

Wie alle Mädchen der Insel war sie von den Männern, die fern ihrer Heimat und ihrer Lieben waren, als leichte Beute betrachtet worden. Mehrere unangenehme Erfahrungen hatten sie gelehrt, bei weißen Männern Abstand zu wahren, und dieses Misstrauen hatte sich als gerechtfertigt erwiesen.

Da diese Erinnerungen mit Ärger verbunden waren, lenkte Chantal ihre Aufmerksamkeit wieder auf Scout, der sie verwirrt anstarrte.

»Was schaust du denn so?«, fragte sie.

»Die meisten Männer, die ich kenne, könnten einen

Cognac nicht so runterstürzen. Hast du das Trinken von deinem Vater gelernt?«

Sie stellte das Glas ab.

»Das Trinken, und alles andere auch.«

»Ich verstehe das nicht.«

»Was?«

»Einerseits bist du so weltgewandt. Aber in der nächsten Minute ...« Er schien nach Worten zu suchen. »Nachdem du so lange in den Staaten warst, warum bist du zurückgekommen?«

»Weil ich wollte.«

»Hat dir Kalifornien nicht gefallen?«

»Sehr sogar. Es gab vieles, was mich in den Staaten gehalten hätte.«

»Was hat dich dann hierher getrieben?«

»Das ist meine Sache.«

»Hat dein Vater dich gedrängt, nach Parrish Island heimzukehren?«

»Er war sicher froh, als ich wieder nach Hause kam«, erwiderte sie ausweichend. Mit Scout über ihr Privatleben zu sprechen, behagte ihr nicht.

»War das nicht ziemlich selbstsüchtig von ihm? Er hatte beschlossen, sein Leben auf der Insel zu verbringen, aber wenn du in den Staaten als Ärztin hättest arbeiten können, dann scheint es doch ...«

»Als Ärztin?« Sie blickten einander mit verwirrten Mienen an.

»Als Ärztin«, wiederholte er und deutete mit einem Nicken auf die Diplome an der Wand, die auf den Namen Dr. Chantal Louise Dupont ausgestellt waren.

»Bist du denn nicht in die Fußstapfen deines Vaters getreten und Ärztin geworden?«

Sie begann zu lachen.

»Ja, schon, ich tat es ihm nach und machte meinen

Doktor. Aber wir sind keine Mediziner, sondern Geologen.«

Der letzte Rest Farbe, den Scout im Gesicht gehabt hatte, verschwand schlagartig.

»Geologen?«, krächzte er und schielte auf die gerahmten Dokumente. Dann blickte er wütend erneut auf Chantal und wiederholte: »Geologen!«

Er fuhr aus seinem Sessel hoch; Chantal stand ebenfalls auf.

»Pass auf …«

»Du hast mein Bein operiert und bist nicht einmal eine Ärztin?«, schrie er.

»Wäre es dir lieber gewesen, wenn ich die Kugel drinnen gelassen hätte? Wenn du verblutet wärst?«

Er deutete auf den Verband um sein Bein und brüllte: »Du hast mich operiert! Das hätte mich mein Bein kosten können! Du hättest mich für den Rest meines Lebens zum Krüppel machen können! Himmel! Du musst komplett verrückt sein!«

»Beruhige dich. So schwierig war diese Operation nun auch wieder nicht. Ich habe meinem Vater zugeschaut, wie er wesentlich schlimmere Verletzungen mit Erfolg behandelt hat. Ich wusste, was zu tun war, auch wenn ich es noch nie selbst gemacht hatte.«

»Er ist also auch ein Quacksalber!«

»Er verteilt Antibiotika, wenn er welche bekommen kann, und er tut, was notwendig ist, wenn es gilt, jemandem das Leben zu retten – unter Umständen auch mit einer Operation. Er hat Knochenbrüche geschient, Mandeln und Blinddärme herausgenommen und bei schweren Geburten geholfen. Wenn sich das nächste Krankenhaus auf der anderen Seite einer Gebirgskette befindet, dann lernt man zu improvisieren und mit dem zurechtzukommen, was man hat.«

»An meinem Bein improvisiert niemand herum, Prinzessin, niemand!« Er schnaufte so erregt, dass sich seine Brust sichtlich hob und senkte.

»Wo ist dein Vater? Ich will mit ihm reden. Ich will ihn sehen. Noch heute!«, erklärte er herrisch. »Wahrscheinlich ist er genauso von der Rolle wie du. Das klingt wirklich, als wäre eure ganze Familie verrückt. Aber im Moment habe ich wohl keine große Wahlmöglichkeit, ich werde mich mit ihm zufriedengeben müssen. Also, wo ist er?«

»Er ist nicht da.«

Er humpelte zu ihr, packte sie an den Schultern und schüttelte sie.

»Wo ist er?«

»Irgendwo in den Bergen. Unerreichbar. Aber wenn er dagewesen wäre, als ich dich mit der Kugel im Bein anbrachte, hätte er genau das Gleiche getan wie ich.«

Scout schleuderte ihr so heftig ein Schimpfwort ins Gesicht, dass sie unwillkürlich zurückwich.

»Ich hätte keine Kugel ins Beim bekommen, ich wäre überhaupt nicht hier, wenn du nicht wärst!«

Wutentbrannt ließ er von ihr ab.

»Es ist nicht gut für dich, wenn du dich so aufregst.«

Im Gegensatz zu ihm bemerkte sie, dass sein Fluchen ebenso sehr auf seine Schmerzen zurückzuführen war wie auf seinen Zorn.

»Komm, ich helfe dir wieder ins Bett.«

Sie ließ ihm keine Wahl, sondern legte ihren Arm um seine Taille und seinen auf ihre Schultern, sodass der Großteil seines Gewichts auf ihr lastete.

»Ich kann allein ins Bett gehen!«

Sie blickte ihn an. Seine Lippen waren blutleer, die Zähne zusammengebissen; die schweißglänzenden Backenknochen traten hart hervor. Er war übertrieben dickköpfig und stolz.

»Sicher kannst du das«, sagte sie leise, »aber das wäre ein langer, quälender Marsch, den du nicht auf dich zu nehmen brauchst, wenn ich dir helfe.«

Er atmete mit einem hörbaren Pfeifen durch die Zähne.

»Mein Bein schmerzt wie die Hölle.«

»Du hättest nicht aufstehen sollen.«

»Na, hätte ich vielleicht einfach daliegen und zusehen sollen, wie du rücksichtslos über mich hinweggehst!«

Aus Versehen belastete er sein linkes Bein und sank stöhnend vor Schmerz an Chantals Seite. Sie fasste ihn noch fester um die Taille, sodass ihre Hand in seine Rippen drückte. Sein Arm hing um ihren Hals, die Hand baumelte vor ihrer Brust. Als er nach vorne zusammensackte, strichen seine Finger über ihren Busen, genau über die Brustwarze, die ohnehin schon fest und vergrößert war.

Sie erstarrten beide. Sekundenlang fixierten sie den Boden, unfähig zu denken, unfähig zu atmen, unfähig sich zu bewegen. Chantal schloss für einen Moment fest die Augen und wartete, bis die Empfindungen aufhörten, die sich von ihrer steifen Brustwarze in sämtliche Teile ihres Körpers ausbreiteten. Sein Oberkörper unter ihrer gespreizten Hand war warm. Sie spürte seinen Herzschlag.

Dann öffnete sie die Augen und wollte weitergehen, doch er blieb wie angewurzelt stehen. Sie folgte seinem Blick quer durch den Raum und bemerkte, dass er auf die Pistole starrte, die sie auf das Nachttischchen ihres Vaters gelegt hatte.

»Das wäre nicht die Mühe wert«, sagte sie in aller Ruhe, seinem Gedankengang folgend. »Ich wusste nicht, dass sie geladen war, als André sie mir beschaffte. Und darüber, dass ich dich tatsächlich getroffen habe, war ich so entsetzt, dass ich die Kugeln herausgenommen und weggeworfen habe.«

Niedergeschlagen sank er noch schwerer an ihre Seite, und sie gingen ohne ein weiteres Wort zu dem Raum zurück, den er eine Stunde zuvor verlassen hatte.

Sie setzte ihn auf das Bett und wandte sich von ihm ab, um die Lampe anzuzünden. Als sie sich wieder umdrehte, war er gerade dabei, sich den Verband vom Bein abzunehmen.

»Was machst du denn!«, rief sie.

»Was ich schon in dem Augenblick hätte tun sollen, in dem ich aus der Bewusstlosigkeit aufwachte, in die du mich mit all deinem Alkohol geschickt hast. Nach allem, was ich inzwischen weiß, hast du mich sicher verpfuscht!«

»Bitte lass das.«

Chantal wollte ihn davon abhalten, doch er schlug ihre Hände zur Seite und riss weiter an seinem Bein herum, bis der Verband in einem Haufen auf dem Boden lag.

Er schien überrascht von der hübsch anzusehenden Reihe von Stichen, die die Wunde zusammenhielt. Sie war sauber und zeigte keine Anzeichen einer Infektion, wenngleich der Bereich unmittelbar darum herum leicht geschwollen war.

»Ich fürchte, du wirst eine Narbe zurückbehalten«, sagte sie freundlich, »aber sie dürfte ein interessantes Gesprächsthema abgeben.«

Er lächelte wehmütig.

»Mit einer Narbe kann ich leben. Aber mit Wundbrand wäre es ein bisschen schwierig gewesen.«

»Jetzt, nachdem du Luft an die Wunde gelassen hast, säubere und verbinde ich sie besser wieder. Möchtest du dich dazu hinlegen?«

Sein Blick schwenkte langsam nach oben und traf den ihren. Ein Hitzegefühl überkam sie, so durchdringend und wohltuend wie die tropische Sonne. Diese Augen waren so intensiv, dass sie weiche Knie bekam.

Ihr Vater und sie hatten zwar eine offizielle Einladung zur Eröffnung des Coral Reef Resort erhalten, doch sie war einzig in der Absicht hingegangen, einen Ingenieur namens Scout Ritland zu entführen.

Als André ihn ihr dann heimlich zeigte, hatte ihr Herz einen Schlag lang ausgesetzt, und sie hatte gespürt, wie sich ihr Bauch zusammenzog. Dass er gut aussah und sexy war, hatte die unangenehme Aufgabe sicherlich erleichtert.

Mehrmals an diesem Abend hatte sie sich in Erinnerung rufen müssen, dass diese Entführung nur Mittel zu einem Zweck war, der für die Zukunft des Dorfes maßgeblich sein würde.

Aber die meiste Zeit hatte sie sich bei diesem Unterfangen ganz als eine Frau empfunden, die es darauf abgesehen hatte, den attraktivsten Mann der Festgesellschaft für sich zu gewinnen, und bedauert, dass kein romantisches Intermezzo daraus werden würde.

Aus Erfahrung wusste sie jedoch, dass eine Romanze zu schrecklichem Liebeskummer führen konnte. Deshalb war sie derlei Dingen seit dem Debakel in Kalifornien aus dem Weg gegangen. Und sie wollte das weiterhin so halten, auch wenn der Blick, mit dem Scout Ritland sie nun bedachte, sie vor Verlangen schwach werden ließ und daran erinnerte, dass sie eine unerfüllte Frau war.

Sie überging diesen Blick mit einem professionellen Auftreten und bettete Scout vorsichtig auf das Kissen. Er starrte sie unentwegt an, doch sie vermied es, ihm ins Gesicht zu sehen, und konzentrierte sich darauf, die Wunde zu desinfizieren. Dann stellte sie sein Knie auf und legte einen frischen Verband an.

»Du solltest wirklich ein Schmerzmittel nehmen.«

»Vergiss es. Um mit dir fertig zu werden, brauche ich einen klaren Kopf und alle meine Kräfte.«

»Einen Cognac?«

Er zog argwöhnisch eine Augenbraue nach oben.

»Cognac pur? Ohne Betäubungsmittel?«

Sie blickte ihn stirnrunzelnd an, verließ den Raum und kam gleich darauf mit einem Glas Cognac zurück. Scout nippte vorsichtig, dann schloss er die Augen, schüttete den Inhalt in einem Schluck hinunter und seufzte anschließend genüsslich.

»Dein alter Herr hat einen exzellenten Geschmack«, meinte er mit einem zufriedenen Schmatzen.

Geistesabwesend rieb er sich den Bauch, wo sich, wie Chantal aus eigener Erfahrung wusste, durch den Cognac eine köstliche, träge Wärme ausbreitete. Seine Finger strichen durch das weiche, seidige Haar, das ihm vom Brustbein bis zum Nabel wuchs. Und darunter. Chantal wusste, wie seidig weich sich diese Haare anfühlten, denn als sie seinen Körper vom Schweiß gereinigt hatte, hatte sie einmal die Gelegenheit genutzt und sie zärtlich berührt, ohne dass eine direkte Notwendigkeit bestanden hätte.

Bei der Erinnerung daran wurde ihre Stimme heiser.

»Wir bekommen jedes Jahr zu Weihnachten eine Kiste französischen Cognac von einem von Vaters Kollegen, der nach wie vor ein treuer Freund ist.«

Sie stand am Bett und schaute Scout zu, wie er das Glas langsam leerte. Als er fertig war, verzog er das Gesicht und schlug mit der Faust neben seinem Kopf auf das Kissen ein.

»Warte, lass mich das machen.«

Sie stellte das Glas beiseite, hob seinen Kopf vom Kissen hoch, schüttelte es auf und drehte es um, sodass die kühle Seite nach oben kam.

Es überraschte sie vollkommen, als er den Kopf noch ein wenig weiter anhob, genug, um mit dem Gesicht ihre Brüste zu berühren. Er schmiegte sich an sie, drückte das Gesicht in den Ausschnitt ihres Hemdes und küsste das nachgiebige weiche Fleisch.

Chantal stöhnte auf und presste kurz seinen Kopf noch fester an ihre Brust, ließ ihn jedoch sofort wieder los und trat einen Schritt zurück. Scout schien von seinem Tun ebenso überrascht zu sein wie sie. Sie starrten einander einen Moment lang an, bis er endlich Worte fand.

»Ich weiß auch nicht ... aber ich hatte jetzt ein ganz seltsames Déjà-vu-Erlebnis.«

Ohne sich dessen bewusst zu sein, fuhr sie sich mit der Zunge über die Lippen und wischte die feuchten Handflächen an den Hüften ab. »Auf dem Weg hierher«, flüsterte sie, »lag dein Kopf in meinem Schoß.«

Er senkte den Blick dorthin und schaute ihr dann wieder in die blauen Augen.

»Weshalb?«

»Ich hatte Angst, du könntest sterben.«

Um die starke Spannung zwischen ihnen abzubauen und sich vor seinem unwiderstehlichen Blick zu schützen, löschte Chantal die Lampe.

»Gute Nacht.«

Sie wandte sich zum Gehen, doch Scout ergriff ihre Hand.

»Chantal?«

Widerstrebend drehte sie sich noch einmal zu ihm um.

»Du weißt schon, dass ich dir auf der Party nicht gefolgt bin, weil ich Arbeit suchte.«

»Ich weiß.«

»Du weißt, was ich wollte.«

»Ja.«

»Was ich noch immer will.«

Das Licht des Mondes war nicht sehr hell, aber dennoch entging ihr nicht, dass das Handtuch über seinem Unterleib seine Erregung nicht verbergen konnte.

»Bitte nicht«, flüsterte sie atemlos.

»Hör zu, Chantal, dein Plan ist einfach verrückt.«

»Nicht für mich. Nicht für meine Leute.«

»Sei vernünftig. Ich kann und werde nicht dableiben, nur um diese gottverdammte Brücke zu bauen.«

»Das wirst du doch.«

Er stieß einen langgezogenen, frustrierten Seufzer aus.

»Du bist eine intelligente, gebildete, kultivierte Frau. Mein Gott, du siehst aus wie eine heidnische Göttin, eine Traumfrau, das Produkt von Männerfantasien. Verlange etwas Vernünftiges von mir, zum Beispiel den Stamm zu stärken, indem ich der Vater deines Kindes werde. Da mache ich liebend gern mit. Aber diese Brücke, das ist verrückt. Und das weißt du auch.«

»Morgen, wenn du sie siehst, wirst du anders darüber denken.«

»Morgen werde ich einen Weg finden, um zurück in die Zivilisation zu kommen.«

»Wir werden sehen«, erwiderte sie mit einem geheimnisvollen Unterton in der Stimme, während sie sich aus seinem Griff befreite, das Moskitonetz schloss und aus dem Licht des Mondes trat.

»Gute Nacht, Scout. Du wirst sehr gut schlafen.«

»Wie zum Teufel willst du wissen, dass ich gut schlafen werde? Du hast doch nicht schon wieder …«

Er richtete sich mit einem Ruck auf, schwankte und hielt sich den Kopf; dann sank er mit einem Fluch auf das Kissen zurück.

»Du hast mir mit dem Cognac wieder etwas eingeflößt, ja? Verdammt! Wann werde ich endlich schlau?«

»Es tut mir leid, aber ich konnte es nicht ertragen, dich unnötig leiden zu sehen.«

»Dann überrascht es mich, dass du mich nicht einfach erschossen hast, anstatt mein Bein zu operieren.«

»Sei nicht albern. Ich brauche dich viel zu sehr, um so etwas Sinnloses zu tun. Gute Nacht.«

Seine Flüche folgten ihr durch das ansonsten stille Haus. Irgendwann hörten sie auf. Das milde, aus heimischen Beeren hergestellte Beruhigungsmittel wirkte.

In ihrem Zimmer schlüpfte Chantal aus ihrer Kleidung und ging zu Bett. Normalerweise wurde der Raum auf natürliche Weise durch die Brise vom Meer gekühlt. Heute Abend aber war ihr trotz des sanften Windes heiß, und sie fühlte sich ruhelos. Jeder Quadratzentimeter ihrer nackten Haut unter dem Laken schien erregt zu sein.

Sie streckte die Glieder und wölbte den Rücken in einem erfolglosen Versuch, ihre angespannten Muskeln zu lockern. Sie atmete langsam und mit tiefen Zügen. Sie legte die Hände um ihre Brüste, um das Prickeln in ihnen zu lindern, doch stattdessen wurde sie sich dadurch nur noch mehr der festen, sensiblen Spitzen bewusst. Sie presste die Schenkel zusammen, beschämt von dem fieberhaften Pulsieren zwischen ihnen.

Nichts half, sie von den seltsamen und wundervollen körperlichen Symptomen, die von ihr Besitz ergriffen hatten, zu befreien.

Und nichts, weder Schäfchenzählen noch Planungen für die Brücke noch inbrünstiges Beten, konnte Scouts Kuss aus ihren Gedanken vertreiben, das Gefühl seiner Haut unter ihrer Hand und den süßen Druck seines bärtigen Gesichts gegen ihre runden, sehnsuchtsvollen Brüste.

5

Als Scout am nächsten Morgen aufwachte, stand Chantal neben seinem Bett. Minutenlang hatte sie amüsiert beobachtet, wie die Sonnenstrahlen auf seinem Gesicht spielten. Die untere Hälfte war von Bartstoppeln dunkel gefärbt, was gut zu seinen dichten Augenbrauen passte. In ein oder zwei Tagen würde er einen Haarschnitt brauchen, zumindest an normalen Maßstäben gemessen. Doch die Strähnen, die sich über den Ohren und im Nacken kringelten, gefielen ihr.

Sie beobachtete, wie die Sonne kastanienbraune Streifen in sein eigentlich dunkelbraunes Haar zauberte. Es war noch kein Grau darin, doch sie schätzte sein Alter auf um die Vierzig; er war etwa zehn Jahre älter als sie.

Oder vielleicht fügten die Charakterfalten in seinem Gesicht auch Jahre hinzu, die er noch gar nicht durchlebt hatte. Jedenfalls fand sie die kleinen Fältchen um seine Augen, die zweifelsohne vom vielen Arbeiten im Freien herrührten, höchst attraktiv.

Er schnaufte genüsslich und kratzte sich, ohne es zu merken, die Brust, während er langsam erwachte. Seine Augen öffneten sich, verengten sich wieder wegen des hellen Lichts im Raum und öffneten sich erneut, vorsichtiger diesmal. Als er sie und den Jungen neben dem Bett bemerkte, fuhr er zusammen.

»Wer ist das?«, fragte er mit heiserer Stimme und nickte auf den Jungen zu.

»Jean«, antwortete sie. »Aber wir nennen ihn Johnny.«

Scout betrachtete den Jungen von oben bis unten.

»Netter Bursche. Dein Sohn?« – »Nein!« – »Du musst nicht gleich in die Defensive gehen. Ich habe ja nur gefragt.« Er lächelte dem Jungen zu.

»Hallo, Johnny. Wie geht's?«

»*Bonjour, monsieur*«, erwiderte Johnny scheu.

»Ich fürchte, Johnny ist das einzige englische Wort, das er versteht«, erklärte Chantal.

»Aber ich denke, wenn ihr beiden euch ein wenig aneinander gewöhnt habt, werdet ihr euch ganz gut verständigen können. Jean wird für eine Weile die Arbeit deiner Beine übernehmen. Du zeigst ihm einfach, was du willst, und er besorgt es dir.«

»Kann er mir ein Taxi rufen?«

Sie wusste, dass er sie nur provozieren wollte, und ging deshalb nicht auf seinen Versuch eines Scherzes ein, sondern grinste lediglich.

»Möchtest du vor oder nach dem Rasieren frühstücken?«

»Rasieren?«

Sie trat zur Seite, damit er seine auf dem Nachttischchen ausgebreiteten Toilettenartikel sehen konnte, dazu einen Kessel mit heißem Wasser und eine Waschschüssel.

»Das sind meine Sachen!«, rief er. »Wo hast du die her?«

»Aus deinem Wohnwagen auf der Baustelle.«

»Du bist in den Wagen eingebrochen?«

»Ich nicht. André hat sich dazu bereit erklärt. Und er ist nicht eingebrochen. Die Tür war offen. Ich dachte, es freut dich, wenn du deine eigenen Sachen hast.«

Sie zeigte auf den offenen Koffer auf dem Boden.

Scout räumte ein, dass sie recht hatte; er musterte Chantal mit vorsichtiger Zufriedenheit.

»Die Mannschaft wird mich mittlerweile vermissen, wie dir sicher klar ist. Die Party ist vorüber; alle sind wie-

65

der nüchtern. Bestimmt haben sie mein Verschwinden längst bemerkt. Wahrscheinlich durchkämmen sie schon jetzt, während wir miteinander reden, die Insel mit Hubschraubern, Suchhunden, allem, was ihnen zur Verfügung steht. Früher oder später werden sie mich finden.«

»Suchhunde?«, erwiderte sie lachend. »Na ja, einen Versuch war es wohl wert. Ich habe allerdings gehört, wie du zu Mr Reynolds sagtest, du wolltest dich für unbestimmte Zeit auf der Insel umsehen. Niemand, sagtest du, solle nach dir suchen. Jedenfalls nicht so bald.«

Sein Gesicht färbte sich rot.

»Du solltest der Liste deiner Sünden noch heimliches Lauschen hinzufügen!«

»Man kann nicht vorsichtig genug sein.«

»Hast du nicht etwas von Frühstück gesagt?«, fragte er mit düsterer Miene.

»Ja, und heute bekommst du etwas Richtiges zu essen.«

»Für dieses bedeutsame Ereignis sollte ich mich wohl tatsächlich rasieren. Aber zuerst brauche ich eine Toilette.« Er biss entschlossen die Zähne zusammen. »Diese verdammte Bettpfanne benutze ich nicht mehr.«

»Ich fürchte, wir sind nicht so eingerichtet, wie es deinen Gewohnheiten entspricht, aber es gibt so etwas wie ein WC. Johnny führt dich hin; ich mache inzwischen das Frühstück.«

An der Tür drehte sie sich noch einmal um.

»Du wirst natürlich, solange du in Johnnys Obhut bist, nichts Hinterhältiges unternehmen, einen Fluchtversuch oder so. Das ließe ihn bei seiner Familie und seinen Freunden in einem ungünstigen Licht erscheinen. Er gälte dann als Versager, und das würde sein ganzen Leben überschatten.«

Johnny, der zwar wusste, dass Chantal von ihm

sprach, aber nichts verstand, blickte zu dem großen, haarigen Weißen auf. Sein treuherziges, liebenswertes Grinsen offenbarte, dass ihm zwei Schneidezähne fehlten.

Scout erwiderte das Lächeln des Jungen und wandte sich dann mit einer trockenen Bemerkung an Chantal: »Solange er da ist, verspreche ich, nichts Hinterhältiges zu unternehmen.«

Erfreut über sein Versprechen ließ sie ihn mit dem Jungen allein, im Vertrauen darauf, dass Johnnys Stellung in der Gemeinschaft nicht in Mitleidenschaft gezogen würde.

Scout war muskulöser als alle Männer im Dorf. Seine Wunde beeinträchtigte ihn zwar, doch Chantal hatte bereits gemerkt, dass er mit seiner Dickköpfigkeit bei der Überwindung dieses momentanen Handicaps bis an seine Grenze ging. Körperlich war er ihr wahrscheinlich sogar in diesem Zustand überlegen. Wenn sie ihn unter Kontrolle halten wollte, musste sie das also mit psychologischen Mitteln versuchen.

Als sie mit dem Frühstückstablett zurückkam, nahm Scout gerade mit einem Einwegrasierer die letzten Reste seines Bartes ab. Das rechte Bein hatte er wie im Schneidersitz angewinkelt, das linke baumelte über die Bettkante. Johnny saß mit untergeschlagenen Beinen am Fuß des Betts, hielt für Scout einen Spiegel und schaute ihm interessiert zu. Auf seinem Kinn waren Rasierschaumtupfen.

»Aber manchmal brennt dieses Mentholzeug. Ich persönlich mag lieber den Zitronen-Limetten-Duft. Der macht die Frauen verrückt. Na, wie sehe ich aus?«

Scout präsentierte sich Johnny, der mit einem eifrigen Nicken seine Anerkennung ausdrückte. Er wischte den restlichen Schaum mit einem feuchten Handtuch ab.

»Okay, dann rasieren wir dich mal.« Er drehte den Rasierer so, dass die Klinge Johnny nicht berührte, und kratzte ihm den Schaum aus dem Gesicht. »Na, siehst du, schon fertig«, sagte er Augenblicke später und hielt dem Jungen den Spiegel vor. Johnny kicherte vor Vergnügen.

»Ich habe mir gedacht, dass ihr beide ganz gut miteinander auskommen werdet«, kommentierte Chantal.

»Das ist mein Kumpel, jawohl. Er hat mir in die ersten richtigen Klamotten seit Tagen geholfen.«

Chantal hatte beim Hereinkommen bemerkt, dass er Shorts trug, aber kein Hemd. Seine gekräuselten Brusthaare waren feucht vom Waschen. Und er hatte sich gekämmt. Sein Zitronen-Limetten-Rasierschaum duftete verführerisch. Sie bekam einen Hauch davon in die Nase, als sie ihm das Tablett auf den Schoß stellte.

»Was gibt es zum Frühstück? Waffeln und Würstchen?«, fragte er voller Hoffnung. »Eier und Schinken?«

»Reis und Fisch.«

»Was? Zum Frühstück?«

Auf dem Teller, den sie aufdeckte, lagen zwei kleine gegrillte Fische, und dazu gab es eine Schale Reis und eine halbe Papaya. Nach dem ersten Schock fiel Scout darüber her wie ein Wolf und trank dazu hastig zwei Tassen Kaffee. Den letzten Bissen der Papaya steckte er Johnny in den Mund.

Schließlich wischte er sich mit der Stoffserviette den Mund ab und fragte Chantal: »Und was nun? Nicht wieder ins Bett, hoffe ich.«

»Möchtest du die Brücke sehen?«

»Ja.« Seine spontane Antwort überraschte sie, doch dann fügte er, den Zeigefinger auf sie gerichtet, hinzu: »Aber nur, weil das der einzige Weg hier heraus und in die Zivilisation ist.«

Sie gab Johnny einige Anweisungen in schnellem Französisch, und dieser sprang auf und lief aus dem Zim-

68

mer. Wie in der Nacht zuvor stützte sie Scout beim Laufen durch das Haus. An der Tür zum Schlafzimmer ihres Vaters angekommen, blickte sie sich suchend um.

»Johnny?«

Plötzlich stieß sie einen lauten Schrei aus, ließ Scout los und rannte zu dem Jungen, der die Pistole um seinen Finger kreisen ließ wie ein Revolverheld.

»*Mon Dieu*!«, rief sie und nahm ihm die Waffe ab.

Einen Augenblick lang drückte Chantal sie erleichtert an sich, dann zog sie das Magazin heraus, entnahm die fünf verbliebenen Kugeln und ließ die Pistole in der Schublade des Nachttisches verschwinden. Mit den Kugeln in der Faust drehte sie sich zu Scout um.

Er lehnte am Türpfosten und starrte sie mit zusammengezogenen Brauen an.

»Miststück!«, fluchte er leise.

»Letzte Nacht musste ich dich anlügen«, verteidigte sie sich. »Ich konnte nicht zulassen, dass du auf die Pistole losrennst. Am Ende wäre dabei deine Wunde wieder aufgeplatzt.«

»Vielleicht wäre ich auch mit auf dich gerichteter Pistole geflohen.«

»Auch das hätte passieren können«, räumte sie ein.

Sie zog die Jalousie eines Fensters zur Seite und warf die Kugeln auf die zerklüfteten Felsen hinaus, die sich bis zum Strand hinunterzogen.

»Gut. Das Thema Pistole ist damit erledigt. Es gibt keine weitere Feuerwaffe im Dorf. Und mit deinem Bein kannst du nicht über diese Felsen klettern, also vergiss die Kugeln und die Pistole einfach.«

Johnny, der an die Wand gekauert dagesessen hatte, kam zögernd auf Chantal zu. In der Hand trug er einen Strohhut mit breiter Krempe, den zu holen sie ihm zuvor aufgetragen hatte.

»Miststück«, murmelte er und hielt ihr den Hut hin. Sie warf Scout einen bedeutsamen Blick zu.

»Ich fürchte, Sie müssen mehr auf Ihre Sprache achten, Mr Ritland.« Dann zerzauste sie dem Jungen liebevoll die Haare und setzte den Hut auf. »*Merci*, Johnny.«

Als sie an Scouts Seite kam, fasste er sie am Kinn und zog ihr Gesicht dicht vor seines.

»Die Kugeln sind futsch, also werde ich sie vergessen. Aber ich werde nicht vergessen, wie du mich ausgetrickst hast. Nimm dich in Acht, Prinzessin. Du wirst für deine Lügen bezahlen!«

»Zweifellos.« Sie befreite sich trotzig aus seinem Griff. »Aber zuvor wirst du meinen Leuten eine Brücke bauen.«

Feindseligkeit flackerte zwischen ihnen auf und schien außer Kontrolle zu geraten. Scout glaubte zuerst, das sei der Grund dafür, dass Sekunden später das Dorf von einem lauten Grollen erschüttert wurde. Überall im Haus klirrte Glas, Türen schlugen zu, Bücher purzelten aus Regalen und landeten auf dem Boden. Es war, als würde eine U-Bahn direkt unter ihren Füßen hindurchdonnern.

Scouts Zorn verflog im Nu; er blickte entsetzt um sich. »Was zum Teufel ist das?«

»*Voix de Tonnerre*«, antwortete Chantal kühl.

»Was?«, brüllte er über den Lärm hinweg.

»Die Stimme des Donners. Unser Vulkan.«

Scout war fassungslos, er konnte es nicht glauben. Sie lachte leise. »Von *Voix de Tonnerre* hast du doch sicher schon gehört.«

»Ja, schon, ich habe davon gehört. Aber ich habe nicht gedacht …«

So plötzlich das Geräusch und das Beben gekommen waren, erstarben sie auch wieder. Scout stand mit schief gelegtem Kopf da und wartete. Überzeugt, dass es vorüber war, fragte er schließlich: »Wo ist dieser Vulkan? Wie nah? Wird er ausbrechen?«

Ohne Chantals Hilfe hüpfte er auf die Tür zu und hinaus auf die breite Veranda, die das Haus auf drei Seiten umgab. Johnny lief ihm nach und legte Scouts Hand auf seine Schulter. Den Jungen als Stütze benutzend, stieg er die Stufen hinab und schaute auf die Rauchwolke, die sich über dem fernen Gipfel erhob.

»Du lieber Gott, das Ding fliegt gleich in die Luft! Chantal, trommle die Leute zusammen. Wir evakuieren zuerst die Frauen und Kinder. Sag ihnen, sie sollen …«

Er brach ab, als er merkte, dass sie über ihn lachte.

»Was ist denn los?«, fragte er voller Wut. »Hast du nicht mehr alle Tassen im Schrank? Falls du es noch nicht gemerkt haben solltest, wir haben einen aktiven Vulkan in nächster Nähe des Dorfs!«

»Ich weiß, Scout. Ich bin mit ihm im Vorgarten aufgewachsen.«

»Schlau, wirklich schlau!«, höhnte er. »Du magst ihn für so etwas ein Schoßhündchen halten, aber für mich klingt geschmolzene Lava und glühender Ascheregen nicht gerade freundlich!«

»Die Lava kühlt ab und versteinert, lange bevor sie unten ankommt, und die glühende Asche der Eruption wird von den Passatwinden aufs Meer hinausgeblasen.«

»Woher willst du das wissen? Hast du schon mal eine Eruption erlebt?«

»Schon viele. Dieser Vulkan gilt zwar als ungefährlich, aber er bricht trotzdem ab und zu aus. Die Eruptionen wiederholen sich alle paar Jahre. Seit einigen Wochen baut sich wieder eine auf. Bald wird es so weit sein.«

Sein Zweifel, der ihm deutlich ins Gesicht geschrieben stand, amüsierte sie. Aber dennoch beeilte sie sich, ihn zu beruhigen.

»Die Ausbrüche sind ein Zeichen der Götter, dass sie dem Dorf wohlgesonnen sind. Die Menschen hier empfinden sie als Segen. Sie freuen sich darauf. Oder siehst du jemanden voller Angst herumrennen und Schutz suchen?«

Scout blickte sich ungläubig um und bemerkte zum ersten Mal, dass das gesamte Dorf unten am Fuß des Hügels stand und neugierig zu ihnen heraufschaute. Alle schienen gelassen und ruhig; der Einzige, der panisch reagierte, war er.

»Na ja, die beten wahrscheinlich auch Schrumpfköpfe an«, hielt er Chantal entgegen. »Aber das heißt für mich noch lange nicht, dass ich das ebenso tun sollte.«

Ihre lächelnde Miene verwandelte sich zu Stein.

»Sie müssen nicht unbedingt beleidigend werden, Mr Ritland.«

»Entschuldigung.« Er legte in einer sarkastischen Geste die Hand aufs Herz. »Aber ich habe soeben zum ersten Mal einen Vulkanausbruch miterlebt, und da denke ich eben an andere Dinge als an diplomatisches Verhalten.«

»Ich versichere dir, dass *Voix de Tonnerre* harmlos ist.«

»Was bist du, eine Expertin?«

»Jawohl.«

Ihre selbstsichere Erwiderung überraschte ihn so sehr, dass er sich seine nächste hämische Bemerkung verkniff, und Chantal nutzte diesen Vorteil für sich.

»Vater sagt, dass *Voix de Tonnerre* erst in zirka tausend Jahren wieder eine heftige Eruption haben wird.«

»Oh, klasse. Wirklich super!«, entgegnete Scout mit rollenden die Augen. »Dein Vater sagt das also. Warum hast du mir denn das nicht früher gesagt? Jetzt geht es mir sofort viel besser!«

»Jetzt bist du nicht nur beleidigend, sondern auch noch sarkastisch.«

»Na, und wieso sollte ich irgendetwas von dem glauben, was dein Vater sagt, hm? Ich bin sicher, dass er ebenso verrückt ist wie du!«

»Du kannst ihm ruhig glauben, er ist schließlich nicht umsonst ein anerkannter Vulkanologe!«, fuhr sie ihn an. »Er leitet zwar nicht das weltberühmte Forschungslabor auf dem Mount Kilauea in Hawaii, aber trotzdem hat seine Meinung in internationalen Fachkreisen durchaus Gewicht. Und meine übrigens auch. Und wenn ich mir wegen einer gefährlichen Brücke Sorgen mache«, schimpfte sie weiter, nun richtig in Fahrt gekommen. »Denkst du, ich würde meine Leute hierbleiben lassen, wenn ich glaubte, dass der Vulkan demnächst einen großen Ausbruch hat, der ihr Leben und ihr Hab und Gut bedroht?«

Etwas geknickt überdachte er ihre Worte.

Um ihn vollends zu überzeugen, fuhr Chantal fort: »Mir ist bekannt, dass die Reynolds Group über den Vulkan Bescheid weiß. Bevor sie das Coral Reef bauten, holten sie die Meinung meines Vaters ein. Und als einer der Bauleiter wurdest auch du sicher entsprechend informiert.«

»Ja«, erklärte er steif. »Man hat mir gesagt, ich würde vielleicht einmal eine weiße Rauchwolke aus dem Krater aufsteigen sehen. Es hieß, das würde zur romantischen Atmosphäre der Insel beitragen. Aber ich habe kein Donnergrollen erwartet wie dieses eben. Ein richtiges Erdbeben!«

»Du hast es nur gespürt, weil du jetzt relativ nahe dran bist. Beim nächsten Beben wirst du nicht mehr überrascht sein. Möchtest du nun die Brücke sehen?«

Er stieß einen langen Seufzer aus und fuhr sich frustriert und niedergeschlagen durch die Haare.

»Auf jeden Fall. Ich kann es kaum erwarten.«

»Du musst gut auf den Weg achten. Der Pfad ist sehr

steinig. Lass dir von Johnny helfen, das erwartet er von dir.«

»Ich verspreche, ihn nicht zu enttäuschen.«

Zu dritt machten sie sich langsam auf den Weg ins Dorf hinunter. Am Fuß des Hügels wurden sie von den lächelnden Bewohnern begrüßt, die sie vor ihren strohgedeckten Hütten erwarteten.

»Wir sind viel zu gut angezogen«, murrte Scout. »Die haben ja alle praktisch nicht mehr an als Blumen.«

Die Frauen trugen Röcke aus Stoff oder Bast und um den Hals Blumengirlanden nach polynesischer Tradition. Die Männer waren mit Lendenschurzen aus einer Art Baumwolle bekleidet und mit Blumenkränzen geschmückt. Von den Kindern gingen die meisten ganz nackt, doch alle waren mit riesigen, farbenprächtigen Blüten dekoriert.

»Die Blüten zeigen, dass heute ein Feiertag ist«, erklärte ihm Chantal.

»Was ist der Anlass?«

Sie blieb stehen und fixierte ihn unter der Krempe ihres Hutes hervor.

»Du bist der Anlass.«

Scout blieb abrupt stehen.

»Ich?«

»Du bist die Antwort auf ihre Gebete. Die Götter haben dich gesandt, um ihnen eine neue Brücke zu bauen.«

Er nahm diese Information mit sichtlichem Unbehagen auf.

»Ich dachte, sie wären längst christianisiert.«

Er verwies mit einem Nicken auf eine Hütte, offensichtlich eine Kapelle, denn auf dem Dach des Gebäudes war ein hölzernes Kreuz befestigt.

»Das sind sie, aber alte Stammestraditionen lassen sich nicht von heute auf morgen ausmerzen.«

»Ich wurde hereingelegt, verwundet und entführt«, erinnerte Scout sie. »Das ist ja wohl kaum die Art und Weise, wie man mit einem göttlichen Gesandten umspringt.«

»Wie du hierhergekommen bist, spielt keine Rolle. Sondern nur, was du tun wirst.«

»Nach dem Motto, was du nicht weißt, macht dich nicht heiß.«

»Das ist es nicht. Ich sehe einfach keine Notwendigkeit, sie mit den Details zu langweilen.«

Während sie sich durch die Menge bewegten, wurden Scout Blumengirlanden umgelegt, und viele Menschen umarmten, küssten und berührten ihn voller Ehrfurcht. Alt und Jung brachten ihm Verehrung und Bewunderung entgegen. An seiner verwirrten Miene erkannte Chantal, dass ihn diese geradezu überbordende Zuneigung sehr erstaunte – die spärliche Bekleidung der Inselfrauen trug das ihre dazu bei.

»Sie haben auch Gesichter«, bemerkte sie etwas abfällig.

Scout löste den Blick vom Busen einer besonders attraktiven jungen Frau und wandte sich Chantal zu, die ihn mit strenger Miene musterte.

»Verzeih mir. Ich bin ein Opfer meiner Kultur. Ich kann von meinen uralten Stammestraditionen ebenso wenig lassen wie sie. Für mich ist ein Mädchen oben ohne eben immer noch ein Mädchen oben ohne.«

»Mit der Zeit wirst du es nicht einmal mehr merken.«

»Dafür würde ich nicht die Hand ins Feuer legen.«

Sie warf ihm einen missbilligenden Blick zu und wandte sich dann an die Menge, die sich daraufhin sofort zu zerstreuen begann.

»Spielverderber!«, murrte er.

»Sie verehren dich, aber denk daran, was sie dafür von dir erwarten.«

»Eine neue Brücke.« – »Da ist sie.« – Er folgte Chantals ausgestrecktem Arm mit den Blicken zu der tiefen Schlucht und dem wackeligen Steg, der sie überspannte.

»Das Gelände, auf dem wir stehen, entstand, als dort vor Jahrhunderten ein großes Stück Gipfelgestein herausbrach«, erklärte sie und zeigte in Richtung des Berges auf der anderen Seite des von Dschungelvegetation überwucherten Einschnitts.

Weit unter ihnen rauschte ein reißender Bach über die Felsen und schickte einen feinen Sprühnebel nach oben, in dem die Sonne Hunderte kleiner Regenbogen aufblitzen ließ.

»Das ist unsere Wasserversorgung«, sagte Chantal. »Vater hat einen Damm gebaut, sodass ein kleiner See entstand. Er befindet sich gleich um die Ecke.«

Scout nickte, doch er musste noch immer auf den Steg starren. Ein Mann versuchte gerade, eine störrische Ziege darüber zu ziehen, und die Auseinandersetzung der beiden brachte die Hängebrücke gefährlich ins Schwanken.

»Und über dieses Ding habt ihr mich getragen?«, fragte Scout heiser.

Das Gefälle des Stegs war tückisch. Jeder, der ins Straucheln kam, würde zerschmettert unten auf dem Fels landen, erkannte er.

»Nun verstehst du vielleicht, warum ich zu solch verzweifelten Maßnahmen gegriffen habe«, sagte Chantal. »Nicht einmal der älteste Dorfbewohner kann sich an die Zeit vor der Brücke erinnern. Das bedeutet, sie muss mindestens neunzig Jahre alt sein und unbedingt durch eine stabilere Konstruktion ersetzt werden.«

»Sieht fast so aus.«

»Setz dich.«

Sie wies auf eine aus dem Fels gehauene Bank. Johnny

ließ sich vor Scouts Füßen zu Boden gleiten und starrte ehrfürchtig zu ihm auf. Chantal stand vor Scout, als würde sie ihre Sache einem gestrengen Richter vortragen, obwohl er über und über mit Blumen geschmückt war und diesem Bild absolut nicht entsprach.

»Wenn wir eine richtige Brücke hätten, über die sogar Autos fahren könnten – stell dir vor, was das für das Dorf bedeuten würde. Die Leute hätten dann einen sicheren und schnellen Zugang zum Rest der Insel, zu Schulen und Krankenhäusern.«

»Ich verstehe, was du meinst, Chantal«, erwiderte Scout ernst. »Dieses Ding da ist eine Gefahr für jeden, der es betritt. Aber was in aller Welt soll ich dagegen tun?« Er breitete in einer hilflosen Geste die Arme aus.

»Eine neue bauen.«

»Einfach so?« Er schnippte mit den Fingern. »Soll ich mir eine Brücke aus dem Ärmel schütteln? Ich, ganz allein?«

»Natürlich nicht. Dir steht eine kostenlose Mannschaft motivierter Arbeiter zur Verfügung.«

»Hier?« Er lachte auf und warf über die Schulter einen Blick auf das Dorf. »Du meinst die Männer aus dem Dorf?«

»Sie sind nicht dumm«, erklärte sie ärgerlich. »Sie wissen, dass das harte Arbeit bedeutet, und sie sind bereit, sie zu leisten.«

»Beruhige dich. Ich wollte niemanden herabsetzen, aber es ist so, dass …« Er verzog das Gesicht. »Es gehört einfach mehr dazu, als einen Hammer und einen Sack Nägel in die Hand zu nehmen. Wenn du das nicht verstehst, dann sollte zumindest dein Vater es verstehen. Übrigens, warum fragt er mich nicht? Wieso hat er diese Aufgabe eigentlich dir übertragen?«

»Er und ich haben den Plan zusammen ausgearbeitet.«

»Auch meine Entführung?«

»Ja«, sagte sie ausweichend. – »Lügnerin!« – »Also gut, den Teil habe ich hinzugefügt. Und mach mir dafür nicht die Leute verantwortlich. Sie können nichts dafür. Ich habe ihnen gesagt, du seist freiwillig gekommen, hättest aber auf dem Weg hierher einen Unfall gehabt.«

»Hör zu, Prinzessin, du kannst nicht einfach einen Ingenieur kidnappen und dann, Abrakadabra, hast du plötzlich eine Brücke.«

»Ich verlange ja auch keine zweite Golden Gate Bridge von dir.«

»Oh, wie beruhigend. Ich hatte mir deswegen fast Sorgen gemacht.«

»Alles, was wir brauchen, ist eine zweckdienliche, haltbare Brücke.«

»Über eine Schlucht, die einem Menschen mit Höhenangst Albträume beschert.«

»Ich habe niemals behauptet, dass es leicht für uns wird.«

»Grrrrrmpf!«

Er warf den Kopf in den Nacken und ließ ein frustriertes Grollen vernehmen, um Dampf abzulassen. Chantal ließ sich dadurch jedoch nicht einschüchtern, obwohl der Laut von den Bergen widerhallte und für einen Augenblick sämtliche Aktivitäten im Dorf zum Stillstand brachte.

Sie behauptete sich, mit unerschütterlichem Blick und das Kinn trotzig nach vorn gereckt. Scout legte die Hände zwischen die Knie und studierte ausgiebig seine weißen Knöchel.

Schließlich blickte er auf und schlug einen versöhnlichen Tonfall an.

»Warum machen wir es nicht so: Ich gehe in die Staaten zurück und versuche, Geld zum Bau einer Brücke aufzutreiben. Meine … ähh … ich habe da eine Bekannte, die für alle möglichen karitativen Zwecke Geld sammelt. Sie macht das als Hobby, und sie kann es wirklich gut. Wenn ich ihr die Lage erkläre, beißt sie garantiert sofort an und räumt diesem Projekt Vorrang ein. Vielleicht kann sie das Friedenskorps oder eine kirchliche Organisation dafür gewinnen. Ja, ich bin sicher, das könnte sie. Was meinst du dazu?«

Seine gönnerhafte Rede brachte Chantal zur Weißglut. Sie verabscheute sein herablassendes Lächeln und diesen anmaßenden Ton, als glaube er, lauter Einfaltspinsel vor sich zu haben. Sie war noch nicht einmal bereit, ihm wegen seines Dünkels Vorhaltungen zumachen.

Zudem wollte sie nicht, dass seine Verlobte in Boston – denn sicher war sie die »Bekannte«, die er erwähnte – etwas mit der Brücke zu tun hatte. Dass Chantal über Jennifer Bescheid wusste, war Scout nicht bewusst. Und für den Augenblick wollte sie es auch dabei belassen.

Am meisten versetzte sich jedoch in Wut, dass er das Dorf samt seinen Bewohnern als Fall für die Wohlfahrt betrachtete. Dieser Punkt war es, den sie nun widerlegen wollte.

»Die Leute wollen die Brücke selbst bauen. Sie wollen nicht, dass das Friedenskorps oder das Korps der Ingenieure oder sonst jemand das für sie tut. Wenn das in unserer Absicht läge, dann hätte ich längst die US-Regierung um Hilfe gebeten.

Sie brauchen jemanden, der die Brücke entwirft und die Bauarbeiten leitet, aber die notwendige Arbeit wollen sie selbst erbringen. Nur so können sie die Brücke als ihr Werk betrachten und stolz darauf sein. Sie sehen sich nicht als hilflose, dämliche Kinder – wie du es offenbar tust.«

»Ich habe nicht gesagt ...«

»Außerdem brauchen wir die Brücke sofort. Im Augenblick haben wir dich. Wenn wir dich gehen lassen, werden wir nie mehr etwas von dir sehen oder hören.«

Er schoss erbost in die Höhe, fuhr jedoch gleich wieder zusammen, als er sein Gewicht auf das verletzte Bein legte. »Wie kannst du es wagen, meine Integrität anzuzweifeln, nachdem du mir gegenüber dein Wort so oft gebrochen hast, dass ich es schon nicht mehr zählen kann!«

»Ich habe mein Wort nie gebrochen«, konterte sie und schüttelte vehement den Kopf.

»Gut, dann erinnere mich daran, dass du mir von jetzt ab auf alles dein Wort gibst, okay? Bislang hast du nämlich eine starke Tendenz dazu gezeigt, mit Tricks und Lügen zu arbeiten.«

»Weil ich verzweifelt bin!«

»Gut, das bin ich auch. Ich versuche verzweifelt, von hier wegzukommen.«

»Du lehnst es ab, uns zu helfen?«

»Genau. Ich werde dafür bezahlt, Brücken und so weiter zu bauen. Bloß weil du eine Verantwortung gegenüber diesem Dorf verspürst, meinst du, ich sollte das auch tun – wieso eigentlich?«

»Aus Anstand.«

»Mit Anstand kann man keine Rechnungen bezahlen. Ich habe jahrelang dafür gekämpft, dass sich meine Arbeit bezahlt macht. Nun bin ich endlich so weit, dass sich ein weltweit operierender Konzern um mich bemüht. Ich werde diese Gelegenheit nicht verstreichen lassen, indem ich bleibe und an deiner belanglosen kleinen Brücke baue.«

Ihre blauen Augen verengten sich gefährlich.

»Du weigerst dich also, weil wir dich nicht bezahlen können. Wie grässlich kapitalistisch!«

Scout kämmte sich mit den Fingern durch die Haare und schnaubte hörbar.

»Nein, es ist nicht nur das Geld. Ein solcher Schuft bin ich nun auch wieder nicht.«

»Aber fast.«

Er fixierte sie mit einem harten Blick.

»Na, wer beleidigt hier nun wen?«

»Was dann, Scout? Warum willst du's nicht für sie tun?« Sie umfasste mit einer ausholenden Geste das ganze Dorf.

»Also gut, ich werde dir sagen, warum«, entgegnete er und humpelte nach vorn.

»Irgendwo dort oben«, fuhr er fort und deutete auf die Berge, von denen sie zuvor gesprochen hatte, »da ist ein verrückter alter Franzose, der seiner Tochter durchgehen lässt, dass sie Kerle wie mich in Versuchung führt und dann mit vorgehaltener Pistole kidnappt. Schon der Gedanke daran, mich mit einem derart Bekloppten auf einen solchen Handel einzulassen, macht mich einigermaßen nervös. Ganz zu schweigen davon, dass besagte Tochter auch noch mit Drogen handelt, ein Quacksalber ist und lügt wie gedruckt.

Ich habe es mit einem aktiven Vulkan in allernächster Nähe zu tun, der jede neue Brücke einfach wegfegen kann – was einen solchen Bau zum Irrsinn macht, gar nicht erst zu reden davon, dass dieser Plan verrückt und undurchführbar ist, wenn man an die benötigten Materialien und die verfügbaren Arbeitskräfte denkt. Und davon abgesehen, muss ich zudem Pferdebrühe trinken und zum Frühstück Fisch essen, und ich habe eine Schusswunde im Bein, die höllisch schmerzt!«

Sein Groll war mit jedem Wort weiter angewachsen, bis er die letzten so herausgeschrien hatte, dass Johnny nun mit sorgenvoll gerunzelter Stirn zu ihm aufstarrte. Chantal hingegen blieb ungerührt; sie musterte Scout gelassen und mit festem Blick.

81

Er wandte sich fluchend ab, drehte sich dann aber abrupt wieder um.

»Hör zu, Chantal, du bist eine mutige Frau. Als Mitmensch gesprochen erkenne ich durchaus an, was du für die Dorfbewohner getan hast und wie du dich für sie einsetzt. Eine derartige Opferbereitschaft ist heutzutage wirklich selten. Ich bewundere dich dafür. Ich sehe auch die Notwendigkeit einer neuen, besseren Brücke, aber ich bin nicht der Typ, den du brauchst. Du zwingst mich, ziemlich offen mit dir zu sein.« Er sog heftig die Luft ein, lächelte leer und ausdruckslos und fuhr fort: »Weißt du, das Ganze ist wirklich nicht mein Problem.«

Ohne ein weiteres Wort drehte sie sich um und gab dem Mann am Ende der Brücke ein Zeichen. Er und einige Jugendliche entzündeten die Fackeln, die sie in den Händen hielten. Als alle brannten, hielten sie sie an das abgenutzte Seil. Die alten Fasern und das Holz brannten innerhalb von Sekunden lichterloh.

Scout stieß einen Schrei des Staunens und Entsetzens aus. Chantal wandte sich ihm zu und sagte betont freundlich: »Jetzt ist es dein Problem.«

6

»Bist du wahnsinnig geworden?« Scout humpelte auf den brennenden Steg zu.

»Ich kann es nicht glauben«, schrie er und schlug sich trotz seiner Verletzung auf die Schenkel. »Du bist wirklich komplett verrückt!«

Eine sengende Hitze ging von dem Feuer aus, die sie in sichtbaren, flimmernden Wellen überflutete. Doch fast so schnell, wie es aufgeflammt war, erlosch es auch wieder; in weniger als einer Minute war die Brücke zerstört. Brennende Teile stürzten die Schlucht hinab in den Fluss und sandten Dampfwolken nach oben.

Die Dorfbewohner ließen einen Freudenschrei vernehmen. Für sie war das Abbrennen der alten Brücke gleichbedeutend mit dem Versprechen auf eine neue, deren Überquerung nicht mehr lebensgefährlich sein würde. In ihrer Begeisterung begannen sie zu singen und zu tanzen; Trommeln schlugen einen impulsiven, freudigen Rhythmus.

Scout, der im Augenblick nichts wahrnahm außer den schwelenden Resten zu beiden Seiten der Schlucht, trat vor Chantal, riss sich die Blumengirlanden vom Leib und schleuderte sie auf die Erde.

Sein Blick loderte so heiß wie die Flammen, die den Steg zerstört hatten, das Gesicht war schmerzverzerrt.

»Dich bringe ich um!«

In seinen wutentbrannten Worten lag so viel Überzeugung, dass Chantal im ersten Augenblick die heftige Angst verspürte, er werde seine Drohung wahrmachen. Doch ehe er sie, die Hände bereits nach ihrer Kehle ausgestreckt, erreichte, wurden ihm plötzlich die Arme auf den Rücken gezogen und gefesselt.

»Lasst mich los!«, brüllte er und riss fassungslos den Kopf herum.

»Hat er dich verletzt, Chantal?«

Ein muskulöser junger Mann trat eilig an ihre Seite, während zwei andere Scout festhielten.

»Nein, André.«

»André!«, bellte Scout in einem erfolglosen Versuch, sich zu befreien. »Wenn ich mit ihr fertig bin, dann werde ich mir dich vorknöpfen!«

»Keine Angst«, beruhigte sie André. »Er ist nur ein wenig sauer, dass wir die Brücke verbrannt und ihm seinen Fluchtweg abgeschnitten haben.«

»Ein wenig sauer?«, brüllte Scout, immer noch gegen die beiden Männer ankämpfend, die ihn von hinten festhielten. »Das kommt dem, wie ich mich fühle, nicht im Entferntesten nahe, Prinzessin. Sobald ich Hand an dich legen kann, werde ich dich umbringen!«

»Soll ich ihn wieder bewusstlos schlagen?«, erbot sich André.

»Nein!«, rief sie entsetzt und packte André am Arm. »Gib ihm Gelegenheit, sich mit dem Gedanken abzufinden, dass er jetzt keine andere Möglichkeit mehr hat als die, eine neue Brücke zu bauen.«

Scout betrachtete André genau.

»Kenne ich dich nicht?«

»Ich habe auf der Baustelle für das Hotel gearbeitet.«

»Ja, ich erinnere mich. Du warst ein guter, kräftiger Arbeiter, aber du hattest ein ziemliches Problem damit, dich anzupassen.« Er schnaubte. »Kein Wunder. Du hast nur als ihr Lakai und ihr Zuträger fungiert!«

André ging auf ihn los, bereit zum Kampf. Wieder hielt Chantal ihn zurück.

Zu Scout sagte sie: »Du würdest gut daran tun, mit André Freundschaft zu schließen. Sobald du mit der Brücke anfängst, wird er sehr wertvoll für dich sein.«

Er machte eine obszöne Bemerkung über sie und »ihre« Brücke. Und dieses Mal reagierte Chantal nicht schnell genug. Noch ehe sie André Einhalt gebieten konnte, hatte dieser Scout einen Kinnhaken verpasst. Scout, außer sich vor Wut, schaffte es, die Arme freizubekommen, und revanchierte sich mit einem Schlag, der André eine Platzwunde am Kinn bescherte.

»Aufhören!«

Chantal trat zwischen die Kontrahenten.

»Hört sofort auf damit! Wollt ihr, dass die Leute zusehen, wie ihr euch prügelt? Heute ist ein Feiertag! Ich werde nicht zulassen, dass ihr ihnen diesen Tag mit eurem blöden Machogehabe ruiniert! Johnny!«, rief sie.

Der Junge eilte an Scouts Seite und schob dessen Hand auf seine Schulter.

Chantal deutete mit einer Drehung des Kinns auf das Haus auf dem Hügel. Scout kochte vor Zorn, doch sein Gesicht war verzerrt und kreidebleich vor Schmerz. Widerstrebend akzeptierte er Johnny als Hilfe und machte sich mit ihm auf den Weg nach oben.

Chantal folgte den beiden. Zu ihrer Überraschung ergriff André ihren Arm. Er hatte sie noch nie zuvor berührt und sie auch noch nie mit einem so harten Blick bedacht, wie er es jetzt tat.

»Er könnte eine Gefahr für dich werden. Ich meine, er sollte nicht in deinem Haus bleiben.«

Sie befreite sich aus seinem Griff.

»Es geht nicht anders. Ich muss seine Wunde versorgen. Wenn er eine Infektion bekommen sollte, wird er uns mit Sicherheit nichts mehr nützen. Es gibt keinen Grund zur Sorge. Bellende Hunde beißen nicht.«

Er erwiderte nichts auf ihren missglückten Scherz, sondern starrte sie nur aus unversöhnlichen, steinharten Augen an und richtete den Blick dann boshaft auf die beiden, die sich den Hügel hinaufkämpften. Schließlich drehte er sich ohne ein weiteres Wort um und bedeutete seinen Freunden, ihm zu folgen.

Chantal seufzte erschöpft. Noch nie hatten André und sie miteinander gestritten. Warum wurde er gerade jetzt so unleidlich, wo sie wirklich genügend Schwierigkeiten am Hals hatte? Genügte es denn nicht, dass sie sich mit Scout herumplagen musste?

Als sie das Haus erreichte, saß er auf dem Bett und löste gerade seinen Verband. Johnny schaute düster zu. Chantal gab dem Jungen rasch einige Anweisungen, und er beeilte sich, sie auszuführen.

Sie schob Scouts Hände zur Seite und betrachtete den Schnitt.

»Einer der Stiche ist bei dieser lächerlichen Auseinandersetzung aufgeplatzt.«

»Dein Schoßhündchen hat damit angefangen.«

Johnny kam mit einer Karaffe Cognac zurück. Chantal schenkte ein Glas ein und reichte es Scout.

»Nein, danke. Ich habe keine Lust, den Rest der Woche zu verschlafen.«

»Das ist nur Cognac. Du hast doch gesehen, wie ich ihn eingeschenkt habe.«

»Woher soll ich denn wissen, dass du nicht die ganze Flasche vergiftet hast?«

Sie leerte das Glas in einem Zug und schenkte dann noch einmal ein. Nun trank auch er.

»Danke«, krächzte er und fuhr sich mit der Zunge über seine blutende, geschwollene Lippe.

»Erwachsene Männer!«, höhnte Chantal vorwurfsvoll. »Prügeln sich wie Kinder.«

Sie befeuchtete einen Waschlappen in einer Schüssel auf dem Nachttischchen und betupfte damit seine Lippe.

»Aua, verdammt! Hör auf!«

»Ich muss etwas drauftun.«

»Vergiss es.«

»Es könnte sich entzünden.«

Er griff nach der Karaffe und schenkte sich noch ein Glas ein. Bevor er trank, strich er mit einem Finger Cognac auf die blutende Lippe. Der Alkohol brannte so sehr, dass ihm Tränen in die Augen traten.

»So, nun kannst du es als desinfiziert betrachten.«

»Na gut. Ich muss deine Wunde noch einmal nähen …«

»Sie werden keine Hand an mich legen, Dr. Dupont, schlagen Sie sich das aus dem Kopf. Ich verlasse mich darauf, dass mein guter Allgemeinzustand und die Regenerationskräfte des menschlichen Körpers mich gesunden lassen.«

»Du siehst aus, als hättest du Fieber. Vielleicht solltest du dich besser hinlegen.«

»Vielleicht solltest du mit deinem geheuchelten Krankenschwesterngetue aufhören und mir sagen, wo er ist.«

»Wo wer ist?«

»Der andere Weg heraus aus diesem Dorf.« Er stellte das Cognacglas mit einer heftigen Bewegung ab und stand mühevoll auf. »Denn nicht einmal du würdest etwas so Verrücktes tun und die einzige Möglichkeit zerstören, um zum Rest der Insel zu gelangen.«

»Ich weiß nicht, was du …«

Er packte sie an den Schultern und stieß sie zurück. Ihre Hände landeten auf seiner nackten Brust. Sie standen sich gegenüber und fixierten einander mit offener Feindseligkeit. Erst als Johnny einen ängstlichen Laut von sich gab, nahmen sie wieder halbwegs Vernunft an.

Chantal trat vom Bett zurück, murmelte dem Jungen

beruhigende Worte zu und strich ihm über die Wange. Daraufhin verabschiedete er sich von Scout und verließ das Zimmer.

»Ich warte«, sagte Scout gepresst, sobald der Kleine verschwunden war.

Chantal nahm ihren Strohhut ab und schüttelte sich die schweren Haare aus dem Nacken.

»Es gibt einen Pfad, der auf der einen Seite in die Schlucht hinunterführt und auf der anderen wieder hinauf. Aber man braucht dafür fast eine Stunde, das Überqueren des Flusses nicht mitgerechnet. Mit deiner Verletzung würdest du wahrscheinlich fünfmal so lange brauchen, falls du es überhaupt schaffst. Außerdem weißt du nicht, wo dieser Pfad ist. Also finde dich damit ab, eine neue Brücke zu bauen.«

Er blickte sie fragend an.

»Oder was?«, fragte er leise.

Verblüfft wiederholte sie seine Frage.

»Was meinst du damit – oder was?«

»Genau das.«

Er legte eine Hand um ihren Nacken, ließ sich auf das Bett zurücksinken und zog sie mit sich. Dann schlossen sich seine Hände um ihre Taille und drückten sie an ihn.

»Je mehr ich darüber nachdenke, wo ich gestrandet bin, desto besser gefällt mir der Gedanke«, flüsterte er an ihren Lippen. »Welcher Mann würde nicht denken, dass dies das Paradies ist? Ich könnte einfach genießen, was du neulich nachts angepriesen hast.«

Er rieb einen unsanften Kuss auf ihre Lippen und ließ seine Hände über ihren Körper wandern, hinunter bis zur Rückseite ihrer Schenkel und wieder aufwärts.

»Ich möchte wetten, wenn du mal warmgelaufen bist, dann bist du im Bett eine echte Wildkatze. André kann das bestimmt bestätigen. Könnte nicht Eifersucht der

Grund für unseren Kampf gewesen sein? Er mag nicht, dass ich dahin komme, wo er schon war, hm?

Aber er hat keinen Grund, sich Sorgen zu machen. Nicht wirklich. Wenn ich von dir genug habe, dann kriegt er dich ja wieder. Dann suche ich mir eine von den Schönheiten aus dem Dorf, die heute Morgen um mich herumscharwenzelt sind. Ich werde nicht einen Tag meines Lebens mehr arbeiten müssen, nie mehr eine Krawatte tragen, mich nie mehr durch den Stoßverkehr quälen.«

Er zog sie fester und höher zu sich heran und legte die Hände auf ihren Po.

»Wieso sollte ich mir die Mühe machen, eine Brücke zu bauen, Prinzessin? Mir gefällt diese Idee immer besser, je länger ich darüber nachdenke – die Idee, mir hier die Zeit zu vertreiben, so wie es dein Vater gemacht hat und dabei fett und faul geworden ist.«

Sein spöttisches Grinsen war im höchsten Maße beleidigend. In diesem Augenblick hätte sie ihm am liebsten ein Messer ins Herz gebohrt. Stattdessen stieß sie ihr Knie gegen seinen verwundeten Schenkel und befreite sich, als er mit einem Schmerzensschrei zusammenzuckte, aus seinem Griff.

»Du hast dich heute Morgen überanstrengt«, sagte sie kalt.

»Ich schicke Johnny mit deinem Mittagessen. Und danach ruhst du dich am besten aus.«

Nachdem sie die Tür hinter sich geschlossen hatte, lehnte sie sich daran und ließ ihren Tränen freien Lauf. Er hatte sie schrecklich verletzt, er hatte sie bis ins Mark getroffen, auf die schmerzlichste Art und Weise. Darauf zu reagieren hätte ihm nur weiteren Zündstoff geliefert.

Nein, lieber würde sie sterben, als ihn wissen zu lassen, wie grausam er gewesen war.

Erst Stunden später betrat sie wieder sein Zimmer. Scout saß im Bett, einen Schreibblock auf dem rechten Knie. Bevor er aufschaute, beendete er rasch seine Aufzeichnungen. Dann musste er zweimal hinschauen. Chantal stand auf der Türschwelle, nur mit einem Bikini bekleidet.

Sie bemerkte sein Erstaunen jedoch nicht, weil sie selbst so verblüfft war. Denn auf dem Boden vor dem Bett lag überall zerknülltes Papier.

»Ich lasse das später von Johnny aufsammeln«, erklärte er und zog damit Chantals Blick auf sich.

»Was machst du?«

»Zeichnen.«

»Was zeichnest du?«

Er musste sich anstrengen, ihr ins Gesicht zu schauen, als sie auf ihn zukam. Ihr Nabel faszinierte ihn, ihre Beine ebenfalls, und vor allem ihre Brüste, die sich aus dem Oberteil des Bikinis herauswölbten.

»Ideen«, antwortete er mit einer Stimme, die vor Begehren rau und heiser war.

Sie betrachtete das oberste Blatt auf dem Tablett.

»Das ist eine Brücke!«, flüsterte sie aufgeregt.

»Natürlich ist es eine Brücke. Du hast mich doch hierher geschleppt, um eine zu bauen, nicht wahr? Oder hast du dir es plötzlich anders überlegt?«

»Ich nicht, aber du offenbar.« Sie musterte ihn mit einem unfreundlichen Blick und fragte dann: »Sollte ich nun beleidigt oder geschmeichelt sein, dass du mich nicht mehr als deine Hure willst?«

Er atmete mit einem lauten Zischen aus, als habe sie ihn geschlagen.

»Ich schätze, das habe ich verdient.«

»Das und noch einiges mehr.«

Er legte Block und Stift beiseite und blickte ihr in die Augen.

»Das war Wut und Frust, was da aus mir herausbrach, Chantal, nicht ich selbst. Ich bin normalerweise nicht so. Ich ... ich bin in den letzten Tagen ganz schön unter Druck, meinst du nicht? Ich war schlecht gelaunt und ...«

»Hasserfüllt.«

»Hasserfüllt«, gab er zu. »Ich habe versucht, dich da zu treffen, wo ich dich für am verwundbarsten hielt.«

»Dann sind Sie sehr einfühlsam, Mr Ritland, denn alles, was Sie gesagt haben und Ihr gesamtes Verhalten, war ausgesprochen gemein und niederträchtig.«

»Sind wir jetzt wieder per Sie?«

»Zumindest für den Augenblick.«

»Kann ich Pluspunkte einheimsen, wenn ich dir ein paar Entwürfe zeige? Ich habe heute Nachmittag ein paar Ideen durchgespielt. Johnny hat mir aus Georges – du hast doch nichts dagegen, wenn ich ihn so nenne, oder? – aus Georges Arbeitszimmer diesen Block und einen Stift besorgt. Es sind nur grobe Skizzen, aber ...«

»Warum tust du das?«

»Ich dachte, du willst, dass ich genau das mache.«

»Schon. Aber du hast so plötzlich kapituliert. Wieso?«

Diese Frau konnte einen völlig zum Verzweifeln bringen. Da versuchte er nun, nett zu sein, zu tun, was sie von ihm erwartete, und sie verlangte nach Gründen und Erklärungen!

»Ob du es glaubst oder nicht, aber ich bin in den meisten Kreisen, in denen ich verkehre, ziemlich beliebt«, sagte er. »Auch meine geschäftlichen Kontakte sind im Großen und Ganzen angenehm. Wenn es irgendwie geht, vermeide ich Auseinandersetzungen, und seit meiner Schulzeit war ich bis heute Morgen in keinen Faustkampf mehr verwickelt«, fügte er hinzu und leckte sich vorsichtig über die offene Lippe.

»Es tut mir leid, was André getan hat – auch wenn du

es für deine Ausfälligkeiten mir gegenüber verdient hast.« – »Ich wurde heftig provoziert, Chantal«, erinnerte er sie leise.

Sie sprach ebenso verhalten.

»Und was hat dich zum Umdenken bewogen?«

»Ich begann, mich egoistisch zu fühlen. Ich habe in letzter Zeit ziemlich viel Glück gehabt.« Er zuckte mit den Schultern.

»Ich dachte, vielleicht sollte ich ein wenig davon abgeben. Ich meine, wenn ich diesen Leuten wirklich helfen kann, warum sollte ich es dann nicht tun?«

Was er ihr nicht sagte, war, dass er plötzlich bemerkt hatte, dass seit der Eröffnung des Coral Reef Resort fast eine Woche vergangen war. Eine Woche, um die sein Hochzeitstermin näher gerückt war.

Jennifer erwartete ihn zu Hause, auch wenn er für seine Rückkehr kein genaues Datum angegeben hatte. Er wusste, wenn sie in absehbarer Zeit nichts von ihm hörte, würde sie nervös werden.

Sie mochte verstehen, dass er auf Parrish Island gern ein wenig angeln und jagen und ein paar Sehenswürdigkeiten besuchen wollte. Aber wenn er sie warten ließ, weil er in einem entlegenen Dorf mit einer Frau unter einem Dach gelandet war, die aussah wie Chantal, dann konnte es sein, dass er seiner Zukünftigen ein bisschen zu viel abverlangte.

Jedenfalls wollte er sein Glück nicht auf die Probe stellen. Je eher er diese verdammte Brücke baute, desto früher würde er von hier wegkommen. Auf einen Kompromiss schien sich seine Gegnerin nicht einlassen zu wollen. Und bislang hatte sie ihn stets überlistet. Deshalb hatte er sich entschlossen, eine andere Strategie zu versuchen.

Nun stand sie mit verschränkten Armen und skeptischer Miene vor ihm.

»Das ist sehr uneigennützig von Ihnen, Mr Ritland.« –
»Du glaubst mir nicht?«

»Nein«, erwiderte sie unumwunden. »Aber deine
Gründe für eine Zusammenarbeit sind weniger wichtig
als der Umstand, dass die Brücke gebaut wird. Möchtest
du eine Weile nach draußen gehen?«

»Willst du dir nicht ansehen, was ich bisher gemacht
habe, meine Ideen anhören?«

Ihr Mangel an Enthusiasmus verwirrte ihn. Er hatte
Dankbarkeit erwartet, Überraschung, alles, nur nicht
diese scheinbare Gleichgültigkeit.

»Später. Ich glaube, du brauchst ein wenig frische Luft.
Komm mit. Ich hole Johnny. Ich denke, zusammen kriegen wir dich zum Strand hinunter.«

Es war ein mühsames Unterfangen, doch schließlich
erreichten die drei das Ende des felsigen Pfads, der von
der Rückseite des Hauses zum Strand hinabführte. Scout
hatte sogar das Gefühl, er hätte es noch wesentlich weiter geschafft. Außerdem gab ihm der Marsch einen guten
Grund, Chantal zu berühren.

Während sie ihn auf der einen Seite stützte, hatte er
die Hand an ihre Taille gelegt. Er wusste nicht, ob sein
Schwindelgefühl daher kam, dass er so lange regungslos
im Bett gelegen hatte, oder von der heißen Sonne oder
dem Blick auf Chantals Brüste aus dem spektakulären
Blickwinkel, den ihm seine missliche Lage bot.

»Setz dich in diese Mulde. Das Salzwasser wird deiner
Wunde guttun.«

Er betrachtete argwöhnisch den seichten Tümpel und
ließ sich dann hineinsinken. Aber sobald das Wasser sein
Bein bedeckte, zog er es wieder heraus.

»Es ist heiß. Außerdem brennt das.«

»Sei nicht so eine Memme«, tadelte sie ihn und schob
sein Bein wieder ins Wasser.

Die Szenerie war so schön wie ein Foto aus dem Reise-prospekt. Der Sand hatte die Farbe von Zucker und war auch ebenso fein, das Wasser leuchtete aquamarinblau. Weiß schäumende Wellen rollten an den Strand, zogen sich zurück und hinterließen glänzende, wie von einem weißen Spitzengewebe überzogene Flächen. Männer aus dem Dorf fischten mit Speeren. Frauen und Kinder spiel-ten in der Brandung.

Sie alle trugen nichts am Leib außer winzigen Tangas oder Lendenschurzen, doch außer Scout schien das nie-manden zu stören. Der aber starrte trotz des Übermaßes an Nacktheit, das ihn umgab, fast ständig auf die einzige bekleidete Person. Er konnte den Blick nicht von Chan-tal lassen, die sich mit Johnny und ein paar anderen Kin-dern in den Wellen vergnügte.

Schließlich kam sie zurück, die nassen Haare aus dem wunderschönen Gesicht gestrichen, Tröpfchen sammelten sich auf ihrer seidigen Haut, und ihre Augen leuchteten vor Freude. Sie raubte ihm den Atem und machte ihm schmerzlich bewusst, dass er seit Lan-gem nicht mehr mit einer Frau zusammengewesen war. Zum Glück war sein Schoß mehr oder weniger unter Wasser.

»Wie fühlt es sich an?« Ihre Frage verblüffte ihn. »Ich sehe, dass es noch ein wenig geschwollen ist.«

Sie ließ sich neben ihm auf den Sand sinken.

Er musste sich räuspern, bevor er sprechen konnte.

»Wie bitte?«

»Deine Lippe.«

Sie berührte vorsichtig mit ihrer kühlen, nassen Fin-gerspitze seinen Mund.

Scouts Bauchmuskeln zogen sich heftig zusammen.

»Es geht schon.«

»Und deine Wunde? Tut das warme Salzwasser gut?«

Sie leckte sich Meerwasser von den Lippen, und sein Herz schlug einen Purzelbaum.

»Oh ja, ich glaube, das hat sehr geholfen. Es fühlt sich viel besser an.«

»Das dachte ich mir. Gut.«

Sie wrang Wasser aus ihren Haaren.

»Also weißt du«, sagte er und zwang sich dabei, den Blick von den Rinnsalen abzuwenden, die ihr über den Bauch liefen und sich in dem V zwischen ihren Schenkeln sammelten, »ich habe mehr und mehr den Eindruck, dass ich das Unterhaltungsprogramm des heutigen Nachmittags bin.«

»Wie meinst du das?«

»Na ja, jedes Mal, wenn sie herüberschauen, fangen sie zu lachen an. Was ist denn so lächerlich an mir? An meine haarige Brust müssten sie sich inzwischen doch gewöhnt haben.«

Chantal senkte den Blick. Er bemerkte, wie ihre nassen Wimpern in dunklen, spitz zulaufenden Büscheln zusammenklebten.

»Die amüsieren sich nicht über dich. Sie lachen über mich.«

»Über dich? Was ist denn an dir so lustig?«

»Nicht lustig. Nur anders.«

»Anders?«

Sie schaute ihn kurz an und wandte sich dann wieder ab. »Sie sind es nicht gewohnt, dass ich am Strand ein … äh, ein Oberteil trage.«

Sofort fiel sein Blick auf ihre Brüste. Er bemerkte zum ersten Mal, dass ihr Bikini-Oberteil nagelneu aussah. Die Farbe war kräftiger als die des Höschens; er bezweifelte, dass sie es je zuvor getragen hatte.

Für eine solch schlanke Frau hatte sie volle, wunderschöne Brüste. Die Spitzen zeichneten sich deutlich unter dem blauen Stoff ab. Er dachte daran, wie sensibel sie auf seine liebkosenden Finger reagiert hatten, und stellte sich vor, wie sie sich an seiner zärtlich über sie streichenden Zunge anfühlen würden. Diese Fantasie traf ihn wie eine Flutwelle heißen Begehrens tief im Unterleib.

»Bitte, verändere meinetwegen nicht die alten Bräuche.«

Langsam wanderte sein Blick aufwärts zu ihren Augen, die so hell leuchteten wie die Sonne auf dem Wasser des Ozeans. Einen Herzschlag lang sagten ihre Blicke einander, was ihre Körper fühlten. Scout griff instinktiv nach ihrer Hand. Sein Daumen fühlte ihren Puls; es überraschte ihn nicht, dass er so rasend schnell ging wie sein eigener.

»Bitte?«, wiederholte er mit gedämpfter Stimme.

Ein leises Stöhnen kam über ihre feuchten Lippen, doch sie entzog sich seiner Hand.

»Wenn du Europäer wärst, würde ich es vielleicht tun. Aber du hast selbst zugegeben, dass amerikanische Männer von Brüsten besessen sind.« Sie beendete das Gespräch mit einer vagen Geste. »Warum zeigst du mir nicht deine Entwürfe?«

Er zwang seinen Körper, sich zu entspannen, wollte sie jedoch nicht so einfach davonkommen lassen. Spontan pflückte er von einem Busch hinter ihr eine Hibiskusblüte. Ohne die Augen von den ihren abzuwenden, steckte er den Stängel in den Einschnitt zwischen ihren Brüsten, sodass sich die Blütenblätter an die sanften Erhebungen schmiegten.

»Gut, sehen wir uns die Entwürfe an.«

Seine Stimme war sehr leise, und das überraschte ihn. Er hatte nicht beabsichtigt, sich von der Arbeit so packen zu lassen. Nein, er wollte Chantal den Nerv töten, doch der Schuss war nach hinten losgegangen – nun war er es, der nervös und durcheinander war.

Johnny hatte den Block zum Strand mitgebracht und unter einen Stein gelegt. Scout holte ihn hervor und glättete erst einmal die Blätter.

»Ich begann mit der Idee einer Hängebrücke ähnlich der alten. Dazu braucht man jedoch Stahlseile und Streben, und, na ja, das ist einfach nicht machbar.« Er zeigte ihr einige Zeichnungen, die er durchgestrichen hatte.

»Die Bogenbrücke«, sagte er und deutete auf einen weiteren Entwurf. »Konventionell und fast immer möglich. Wenn man sich nicht gerade auf einer Insel befindet, die zu überbrückende Schlucht zu steil und zu wenig Beton verfügbar ist. Und deshalb«, fuhr er fort und nahm weitere Blätter zur Hand, »kam ich zurück auf das Konzept der Jochbrücke auf Pfählen wie in den Westernfilmen mit John Wayne.«

»Kannst du so eine bauen?«

Er kratzte sich am Kopf und blickte auf den Ozean hinaus. »Ich weiß nicht. Wenn …«

»Was?«, fragte sie, als er innehielt.

»Wenn ich die notwendigen Materialien hätte.«

Er legte den Block beiseite und ergriff wieder ihre Hand. Dieses Mal war es eine tröstende Geste. Er drückte sie zwischen seinen Händen und sagte ernst: »Chantal, du verlangst das Unmögliche von mir. Obwohl ich zugestimmt habe zu bleiben, obwohl ich mehrere Ideen durchgespielt habe – ich kann es einfach nicht.«

Sie erhob sich anmutig und reichte ihm eine Hand.

»Komm mit.«

»Wohin?«

Erfreut stellte er beim Aufstehen fest, dass sein Bein durch das Sitzen im warmen Meerwasser nicht mehr so steif war und weniger schmerzte. Allerdings konnte er es noch nicht voll belasten. Johnny kam an seine Seite geeilt.

»Danke, Partner. Die Lady möchte, dass wir ihr hinterherhumpeln.«

Johnny schien zu verstehen.

Chantal ging am Strand entlang. Scout folgte ihr verblüfft. Sie verschwand in einer Gruppe riesiger Felsblöcke, an denen die Brandung emporgischtete. Johnny führte ihn durch einen fast knietiefen Tümpel zwischen den Felsen hindurch.

Als sie auf der anderen Seite aus der Felsspalte herauskamen, rollte Chantal gerade ein großes Tarnnetz auf. Darunter befanden sich gut versteckt genügend Materialien, um einen kleinen Baumarkt zu füllen. In schulterhohen Stapeln waren Säcke mit verschiedenen Zementmischungen aufgeschichtet, daneben Bauholz und sämtliche Maschinen und Werkzeuge, die man sich vorstellen konnte; sogar einen tragbaren Generator zur Stromerzeugung gab es. Ganze Kilometer unterschiedlich dicker Drahtseile lagen sorgfältig aufgerollt da wie riesige Schlangen, die sich in der Sonne wärmten. Und alles war ordentlich gelagert und als Schutz gegen die salzige Gischt der See mit Plastik abgedeckt.

Scout blieb der Mund offen stehen. Auf sämtlichen Waren prangte ein rotes Firmenzeichen, aber selbst ohne dieses hätte er die Sachen sofort erkannt.

»Das sind … du …«, stammelte er. »Du bist …«

»Richtig«, sagte Chantal gelassen. »Ich bin der gerissene Schuft, der euch bestohlen hat.«

7

»Wie hast du das geschafft?«

Scout stellte die Frage, während er versuchte, sich aus einem Schüsselchen mit den bloßen Fingern etwas Reis in den Mund zu schaufeln. Sie saßen am Strand, das atemberaubend schöne Meerespanorama bildete den Hintergrund für ihr festliches Abendessen.

Chantal hatte ihn gewarnt, dass es kein Besteck geben würde. Er hatte allerdings nicht geglaubt, dass ihm das ein Problem bereiten könnte, doch mit den Fingern zu essen war gar nicht so einfach. Der größte Teil des Reises landete in seinem Schoß.

»Ich habe gelernt, so zu essen, bevor ich Messer, Gabel und Löffel überhaupt zu Gesicht bekam.«

Sein fruchtloses Bemühen und sein Ärger wirkten komisch; Chantal musste lachen.

»Da könnte man vor dem gedeckten Tisch verhungern.«

»Soll ich dir etwas beibringen?« Sie stellte ihr Essen beiseite, leckte sich die Finger sauber und wandte sich ihm zu. »Der Trick ist, die Schüssel dicht vor den Mund zu halten und das Essen mit den Fingern aufzunehmen. Du schiebst dir, so viel du kannst, in den Mund und leckst den Rest ab. So.«

Sie nahm etwas Reis und ein Stückchen gebratenes Schweinefleisch zwischen die Finger und hielt es ihm vor den Mund. Er nahm es auf, und was an ihren Fingern kleben blieb, lutschte er ab. Chantal beobachtete die Bewegungen seines Mundes und fragte sich, wie etwas so Unschuldiges ihr Schmetterlinge im Bauch verursachen konnte. Als seine Zunge über ihre Fingerspitzen leckte, zog sie rasch die Hand zurück.

»Ich glaube, nun hast du den Bogen raus.«

»Ich war mit dem Üben noch nicht fertig.«

Alle ihre Sinne reagierten auf seinen neckischen Blick, doch sie beherrschte sich.

»Versuch es mit deiner eigenen Hand.«

»Vielen Dank für die Lektion in Tischmanieren à la Parrish Island«, sagte er und begann wieder zu essen, »aber als ich fragte, wie du das geschafft hast, meinte ich eigentlich das Stehlen.«

»Was für ein hartes Wort!«

»Es gibt harte Strafen, wenn man erwischt wird.«

»Wurde ich aber nicht.«

»Bisher.« Seine Brauen waren so dicht zusammengezogen, dass dazwischen keine Lücke mehr war.

»Du bist doch nur sauer, weil ihr mich nicht erwischt habt. Das beschäftigt dich weit mehr als der Verlust der Sachen, nicht wahr?«

Er musterte sie mit einem feindseligen Blick.

»Weißt du, um wie viel du die Reynolds Group betrogen hast?«

»Nein, und ich wette, die wissen es auch nicht, höchstens der Buchhalter, der es der Versicherung gemeldet hat. Der könnte uns wahrscheinlich auf Heller und Pfennig genau sagen, was das alles gekostet hat, weil er genau den Betrag von der Versicherung erstattet bekam.«

»Du hast sie also tatsächlich betrogen.«

»Was glaubst du, wie viel die Reynolds Group pro Jahr an Versicherungsbeiträgen zahlt? Was ich denen weggenommen habe, ist bestenfalls ein kleiner Teil dieser Summe. So gewinnen alle.«

Er schüttelte ungläubig den Kopf.

»Weißt du, was ich erstaunlich finde? Du scheinst tatsächlich zu glauben, was du sagst. Für dich macht diese Art von Logik Sinn.«

»Absolut. Außerdem hättest du wahrscheinlich niemals das ganze Baumaterial verbraucht. Ich bin sicher, du hast mehr bestellt, als du jemals gebraucht hättest. Besser so, als dass mitten in der Arbeit plötzlich das Material knapp geworden wäre, vor allem, weil ja auch noch alles per Schiff angeliefert werden musste. Ich habe dir also die Kosten erspart, das Zeug wieder in die Staaten zurückzuschicken, und es gleichzeitig einem guten Verwendungszweck zugeführt.«

»Du glaubst also, es war rechtens zu stehlen, weil du die Materialien brauchtest und wir nicht?«

Sie schnaubte beleidigt.

»Du wirst doch nicht allen Ernstes glauben, ich würde etwas stehlen, das ich nicht brauche!«

Sein Kopf sank nach vorn, bis das Kinn fast die Brust berührte.

»Ich könnte ebenso gut gegen eine Mauer reden.«

»Kopf hoch. Da kommt das Dessert.«

Die gesamte Bevölkerung des Dorfes hatte sich eingefunden, um den bevorstehenden Bau der neuen Brücke zu feiern. Chantal bemerkte, dass sich die Leute offenbar prächtig amüsierten – alle bis auf André, der abseits saß und ein Glas Schnaps nach dem anderen leerte. Mehrmals im Verlauf des Abends hatte sie gesehen, wie er Scout einen bösen, feindseligen Blick zuwarf.

André war der kräftigste und der mit Abstand gebildetste junge Mann im Dorf. George Dupont hatte beizeiten erkannt, dass es sich bei ihm um einen sehr intelligenten Jungen handelte, und dafür gesorgt, dass er die amerikanische Schule besuchen durfte. André hatte das Dorf zwar äußerst ungern verlassen, aber er war dennoch ein hervorragender Schüler gewesen.

Die Duponts verließen sich stets auf ihn, wenn es um Aufgaben ging, deren Umsetzung sie den weniger weltgewandten Dorfbewohnern nicht zutrauten. Oft diente er als Kurier zwischen dem Dorf und den Menschen auf der anderen Seite der Insel, weil er gut Englisch sprach und sich in der westlichen Kultur zurechtfand. So war es ganz selbstverständlich gewesen, dass er auf die Baustelle des Coral Reef Resort geschickt wurde.

Chantal bedauerte, dass André seine Einstellung Scout gegenüber geändert hatte. Das war erst nach der Entführung passiert. Davor hatte er sich über den Ingenieur immer nur positiv geäußert und ihn einen harten, aber fairen Chef genannt. Er hatte Chantal und ihrem Vater berichtet, dass Mr Ritland für den Bau der Brücke definitiv der richtige Mann sei.

Es verblüffte sie, dass seine Meinung über Scout sich so ins Gegenteil verkehrt hatte. Doch dessen Theorie, dass André eifersüchtig sei, erschien ihr absolut lächerlich. Sie waren beide im Dorf aufgewachsen, hatten als Kinder zusammen gespielt. Nie hatte André ihr gegenüber romantische Absichten erkennen lassen. Und er konnte sich unter den heiratsfähigen jungen Frauen des Dorfes jede aussuchen.

Der Bruch zwischen den beiden Männern machte Chantal nicht nur deshalb Sorgen, weil ihr jegliche Disharmonie in ihrem Lebensumfeld zuwider war, sondern vor allem, weil die beiden beim Bau der Brücke eng zusammenarbeiten und an einem Strang ziehen mussten.

Es schien, dass all ihre Gedanken schließlich wieder auf die Brücke zurückkamen. Scout behauptete, keinen endgültigen Plan zu haben, und weigerte sich, seine unausgereiften Vorstellungen zu diskutieren. So sehr sie ihn auch drängte, er hatte resolut geschwiegen, seit er wusste, dass sie es war, die das Projekt Coral Reef Resort bestohlen hatte.

Sie dagegen wollte die Arbeit endlich in Angriff nehmen. Was, wenn er sie mit einer unfertigen Brücke sitzen ließ, weil er wegen seiner Hochzeit in die Staaten zurück musste? Chantal konnte ihn nicht ewig festhalten. Je näher sein Heiratstermin rückte, desto unausweichlicher wurde eine Antwort auf ihre Gewissensfrage, für wen sie Scout zurückhielt – für ihre Leute oder für sich selbst? Denn trotz der Feindseligkeit, die immer wieder zwischen ihnen aufflammte, liebte sie es, in seiner Gesellschaft zu sein.

Jetzt blickte sie zu ihm hinüber und freute sich daran, wie das Licht der Fackeln über seine Gesichtszüge huschte und rostbraune Flecken in seinem Haar schimmern ließ.

»Das schmeckt prima«, sagte er und leckte sich ungeniert eine klebrige Substanz von den Fingern. »Was ist das?«

»So etwas Ähnliches wie Pudding. Aus zerstampften Früchten, geraspelter Kokosnuss und Ziegenmilch.«

Er hörte sofort auf zu essen und warf einen misstrauischen Blick in die Schüssel, die er gerade mit den Fingern ausstrich.

»Das hätte ich dir besser nicht verraten sollen«, meinte Chantal lachend. »Nun habe ich dir den Appetit verdorben. Aber lächle bitte trotzdem. Margot hat es extra für dich zubereitet.«

»Wer ist Margot?«

»Da drüben. Die, die so angespannt die Hände ringt.«

Scout blickte in die Richtung, in die Chantal nickte, und entdeckte das Mädchen, hielt das leere Schüsselchen hoch und rieb sich dazu den Bauch. Die angespannte Miene des Mädchens verwandelte sich in ein strahlendes Lächeln.

»Wie alt ist sie?«

»Achtzehn und noch unverheiratet. Eine alte Jungfer.«

»Meiner Vorstellung von einer alten Jungfer entspricht sie absolut nicht«, bemerkte er, nicht ohne seine Bewunderung für die polynesische Schönheit anklingen zu lassen.

»Sie ist sehr hübsch«, räumte Chantal ein. »Und sehr wählerisch. Ihre Eltern wünschen sich verzweifelt, dass sie heiratet. Sie wollen sie schützen.«

»Wovor?«

»Vor fremden Männern, die auf die Insel kommen«, antwortete sie langsam und wandte das Gesicht ab. »Die meisten von denen betrachten unsere Frauen als eine Art Ware. Mädchen wie Margot sind für sie ein leichtes Opfer; sie werden häufig verführt. Und wenn die Verführer genug von ihnen haben, bleibt ihnen nicht mehr viel anderes übrig, als sich in den Bars am Hafen und in der Nähe der Militärbasen zu prostituieren.«

Scouts gute Laune verflog schlagartig.

»Du meinst, ein Fehltritt, für den sie wahrscheinlich noch nicht einmal etwas können, und sie sind für den Rest ihres Lebens ruiniert? Das ist unfair, nicht wahr?«

»Den Menschen hier bedeutet eine jungfräuliche Braut sehr viel.«

In diesem Augenblick stieß *Voix de Tonnerre* eine Rauchfontäne aus. Ein rotes Glühen erleuchtete den Nachthimmel. Die Erde zitterte, und donnerndes Getöse erfüllte die Luft und hallte von den umliegenden Bergen wider.

Scout sprang auf, ohne an sein verletztes Bein zu denken. Die Eingeborenen brachen in Jubelgeschrei aus; Trommeln begannen, einen lebhaften Rhythmus zu schlagen. Becher mit hochprozentigem Schnaps wurden von Hand zu Hand gereicht, und alle tranken reichlich.

Scout nahm einen Schluck aus seiner Tasse und ließ sich wieder auf der gewebten Grasmatte nieder, die er mit Chantal teilte. Er zeigte mit einem Kopfnicken auf den rauchenden Krater.

»Bist du sicher, dass du weißt, wovon du redest?« – »Absolut. Mein Vater hat sich sein ganzes berufliches Leben lang mit *Voix de Tonnerre* befasst. Wir haben unsere Studienergebnisse abgeglichen. Dem Vulkan steht eine Eruption bevor, doch sie wird nicht schlimm oder gar zerstörerisch verlaufen. Vertraue mir. Und wenn dir das schwerfällt, dann vertraue meinem Vater. Er gilt weltweit als einer der anerkanntesten Vulkanologen.«

»Und er ist dort oben? In diesem Chaos? Hat er denn keine Angst, vor dem großen Ausbruch nicht mehr rechtzeitig wegzukommen?«

Sie blickte ehrerbietig auf den Berg.

»Er ist dort oben. Aber er hat keine Angst vor *Voix de Tonnerre.*«

Scouts Finger umschlossen ihr Kinn. Sein Blick glitt fragend über ihr Gesicht.

»Ich glaube, du bist eine halbe Heidin, Chantal Dupont.«

Ihre Lippen formten sich zu einem geheimnisvollen Lächeln.

»Diese Kultur ist verführerisch, nicht wahr?«

»Sie hat durchaus ihre Pluspunkte.« Er schaute auf das aus einem Tuch geschlungene Oberteil, das sie über einem kurzen, tief auf den Hüften sitzenden Sarong trug. Dazwischen war nichts als zarte braune Haut, die seinen Blick so lange gefesselt hielt, dass sich Chantal unwohl zu fühlen begann.

»Hör auf, mich anzustarren.«

»Bauchnäbel finde ich ganz bezaubernd«, murmelte er mit belegter Stimme.

»Dann wird dir dieser Teil der Feier sicher besonders gut gefallen.«

Sie wandte seine Aufmerksamkeit auf eine Gruppe junger Frauen, darunter auch Margot.

»Sie werden gleich für dich tanzen. Versuche, beeindruckt zu wirken.«

»Da muss ich nicht viel versuchen.«

Die Tänzerinnen begannen, den Rhythmus der Trommeln aufzunehmen. Im Schein der Fackeln leuchteten nackte Beine auf, Hüften kreisten aufreizend, schlanke Körper wiegten sich verführerisch.

Die Frauen hoben Körbe mit Blumen und Früchten über die Köpfe.

»Sie bringen dem Vulkan ein Opfer dar«, erklärte Chantal.

»Ich dachte, es sei üblich, eine Jungfrau in den Krater zu werfen«, spöttelte Scout.

»Das war früher einmal.«

Er wandte den Blick von den barbusigen Tänzerinnen ab, um festzustellen, ob sie ihn neckte.

»Eines der Zugeständnisse an das Christentum.«

»Welch ein Glück für die Jungfrauen«, murmelte er.

Mit einem respektvollen Blick auf den Krater salutierte er dem Berg und nahm einen Schluck.

»Allmählich gewöhnst du dich an unseren Alkohol.«

Scout ließ den Inhalt seiner Tasse kreisen.

»Nicht wirklich. Zwei oder drei Schlucke davon, und es fühlt und hört sich an, als würde ein Güterzug mitten durch meinen Kopf rumpeln.«

»Warum trinkst du ihn dann?«

»Weil ich vor einem Güterzug weniger Angst habe als vor einem Vulkan.«

Er lächelte schief, und Chantals Herz pochte so heftig, als würde sie an dem Tanz teilnehmen. Wenn er nicht gerade düster dreinblickte oder die Stirn runzelte, hatte er ein sehr schönes Gesicht. Aber sogar dann war es hübsch, gestand sie sich ein.

Seit Kurzem fragte sie sich ab und zu, wie ihr Leben

wohl verlaufen wäre, wenn sie Scout Ritland auf dem Festland kennengelernt hätte. Hätte das ihr Schicksal verändert? Zweifellos wären sie voneinander angetan gewesen. Aber Liebe, Heirat und Kinder?

Derartige Fantasien waren zu schmerzlich, um sie genießen zu können, denn sie hatte nicht ihn in Kalifornien getroffen, sondern einen anderen Mann. Und selbst wenn es Scout gewesen wäre, dem sie ihre jungfräuliche Liebe geschenkt hätte, wäre das Ergebnis wahrscheinlich nicht anders ausgefallen. Unabänderliche Tatsache war, dass sie in den Augen der Welt dort draußen nur ein farbiges Südseemädchen war. Selbst Schulabschlüsse und berufliche Anerkennung konnten das nicht ändern.

Plötzlich verstummten die Trommeln. Die Wirkung der darauf folgenden Stille war nahezu greifbar. Die Tänzerinnen blieben einige Augenblicke lang stehen wie lebende Statuen und hielten ihre Zuschauer, vor allem Scout, in Bann. Dann liefen die meisten von ihnen zu ihren Familien zurück; einige jedoch blieben im Zentrum der Aufmerksamkeit.

Die Atmosphäre war so konzentriert, dass Scout es nicht wagte, laut zu sprechen.

»Was passiert denn nun?«, flüsterte er Chantal ins Ohr.

Sein Atem war so leicht wie die Brise vom Meer; sie spürte ihn angenehm auf ihrer Haut. Die Nacht war nach dem Ausbruch des Vulkans außergewöhnlich warm; ein Rinnsal aus Schweiß zog sich von Scouts Schläfe zum Backenknochen.

»Jetzt kommt noch einmal ein Tanz. Einer, bei dem nur die jungen Mädchen teilnehmen dürfen, die noch keinen Mann haben.«

»Wieso das?«

»Weil dieser Tanz den Betreffenden anlocken soll.«

»Ach so? Warum tanzt du nicht?«

»Weil ich nicht versuche, einen Mann anzulocken.« Sein Blick wanderte langsam über ihre Gestalt und blieb kurz an ihren Brüsten hängen, bevor er ihr wieder in die Augen sah.

»Nicht?«

In Chantal kochte und brodelte es wie das glühende Magma in den Tiefen des Vulkans, doch sie zwang sich, äußerlich gefasst zu bleiben.

»Wenn ich mein Oberteil ausziehen und in einem Stammesritus mittanzen würde, dann wüsstest du, dass ich versuchen würde, dich anzulocken.«

»Ja, das wäre ein ziemlich eindeutiger Hinweis.«

»Aber ich tue es nicht. Denk also im Zusammenhang mit Sex lieber nicht an mich.«

Er lachte kurz und gequält auf und stieß vorsichtig eine Fingerspitze in ihren Nabel.

»Unmöglich.«

Da die Trommeln wieder eingesetzt hatten, hörte sie das Wort gar nicht, sondern las es lediglich von seinen Lippen ab. Aber das ließ ihn nur noch verlockender erscheinen.

Sie gab vor, die Tänzerinnen zu beobachten, doch ihre Aufmerksamkeit galt Scout. Sein Arm befand sich dicht neben ihrem und streifte ihn andauernd. Jedes Mal, wenn der leichte Wind mit seinem Haar spielte, fiel es ihr auf. Einmal wehte die Brise einige ihrer Strähnen in sein Gesicht, über seine Lippen. Er strich sie nicht beiseite.

Sein Kommentar zu dem Tanz war fast gekrächzt, weil ihm die Stimme zu versagen drohte: »Du lieber Gott, die machen ihre Botschaft aber wirklich mehr als eindeutig.«

Margot hatte sich auf André zu bewegt und tanzte direkt vor ihm. Ihre Hüften hoben und senkten sich und beschrieben langsame, hypnotische Kreise, die wunderschön anzusehen, aber auch unverhohlen sinnlich waren. André beobachtete sie aus zusammengekniffenen

Augen; seine nackte, unbehaarte Brust hob und senkte sich im Rhythmus seines erregten Atems.

Arme und Beine führten gewundene Bewegungen aus, Körper wiegten sich, schlanke Leiber und schweißglänzende Brüste luden zu Liebkosungen und kühlenden Küssen ein.

Der Rhythmus der Trommeln wurde schneller, lauter, intensiver. Er schien den Zuhörern durch Mark und Bein zu gehen und dazu anzuhalten, die Schranken schicklicher Zurückhaltung zu durchbrechen.

Obwohl Chantal diese Zeremonie seit ihrer Geburt kannte, sprachen die Trommeln sie heute Nacht auf eine neue, nie gekannte Weise an. Am liebsten hätte sie dem Verlangen ihres Körpers einfach freien Lauf gelassen, sich ganz diesem wogenden, sinnlichen Rhythmus hinzugeben.

Leidenschaft erfasste sie, drängte sie, doch endlich die Hüften im Takt der Musik zu wiegen. Ihre Brüste fühlten sich von dem Oberteil eingeengt; sie sehnte sich danach, es ablegen und sich entblößen zu können – vor dem Himmel, dem Meer, dem Vulkan – und dem Mann.

Sie wollte den Kopf wild von Schulter zu Schulter schleudern, ihre Haare in Wellen über den Rücken fallen lassen, frei und ungehindert. Ihr Atem floss rasch durch ihre geöffneten Lippen; sie spürte, wie sie in eine Trance glitt und kaum mehr die Augen offen halten konnte. Der Versuchung nachgebend, ließ sie zu, dass sie sich schlossen, und wiegte sich im Rhythmus der Musik. Doch nach einem donnernden Crescendo verstummten die Trommeln plötzlich wieder.

Sie riss die Augen auf. Scout beugte sich zu ihr, sein starrer Blick reflektierte die Fackeln und das Feuer in seinem Inneren. Sein Gesicht glänzte vom Schweiß; kleine Tropfen rannen seinen Hals hinab. Seine Nasenlöcher waren geweitet; Chantal merkte, dass er ebenso heftig atmete wie sie.

Plötzlich umfasste er ihren Hinterkopf und zog sie zu sich. Sein Mund legte sich stürmisch auf ihren. Er küsste sie leidenschaftlich, öffnete ihre Lippen und schob seine Zunge tief in ihren Mund.

Dann spreizte er die Finger, seine andere Hand umfasste ihr Kinn und legte ihren Kopf zur Seite, sodass er den Kuss noch vertiefen konnte. Wieder und wieder drang seine Zunge in ihren Mund, glitt vor und zurück. Chantals Hände suchten instinktiv nach einem Halt; ihre Finger krallten sich in seinem dichten Brusthaar und dem darunter verborgenen Fleisch fest.

So abrupt, wie er sie an sich gezogen hatte, warf er plötzlich den Kopf wieder zurück und fixierte sie mit einem starren Blick aus weit geöffneten Augen.

»Es wird geschehen«, versprach er ihr mit belegter Stimme. »Du wirst mich bekommen.«

Dann ließ er von ihr ab und schaffte Raum zwischen ihnen, bevor sie Aufsehen erregen konnten.

Der letzte Tanz bezeichnete das Ende der offiziellen Zeremonie. Junge Männer holten sich ihre Liebsten und verschwanden mit ihnen, um zu tun, was Verliebte auf der ganzen Welt tun. Familien machten sich auf den steilen, felsigen Weg hinauf zu ihren Hütten. Fackeln wurden gelöscht, bis am Ende nur der Mond und das rötliche Glühen über dem Vulkan den Strand in ein unwirkliches Licht tauchten.

»Johnny?«, rief Chantal leise.

»Da drüben.« Scout hatte den Jungen entdeckt; er schlief zusammengerollt unter einer Kokospalme. »Ich glaube, den habe ich heute sehr beansprucht.«

»Schade, dass wir ihn aufwecken müssen.«

»Nein.« Scout ergriff ihren Arm, bevor sie zu dem Jungen gehen konnte. »Lass ihn schlafen, ich schaffe das schon.«

»Bist du dir sicher?«

»Wenn du mir hilfst.«

»Natürlich.«

Sie legte einen Arm um seine Taille und er einen um ihre Schulter. Auf diese inzwischen vertraute Art gingen sie langsam über den Strand auf den steinigen Pfad zu, der zum Haus hinaufführte.

Zwischen dem sandigen Strand und dem Berg zog sich ein Streifen Vegetation hin. Sie hatten den Palmenhain kaum erreicht, als Scout über eine Wurzel stolperte, hinfiel und Chantal mit zu Boden riss. Sie landete auf dem Rücken in einem Bett aus kühlen Farnen. Scout beugte sich über sie.

»Scout«, keuchte sie. Ihre erste Sorge galt seinem verwundeten Bein. »Bist du verletzt?«

Sein Grinsen brachte sie auf die Wahrheit.

»Du hast das absichtlich gemacht!«

»Mhm.«

Seine Lippen streiften über die ihren. Sie versuchte, sich hochzustemmen.

»Hör zu«, zischte er, ihren Kopf zwischen den Händen fassend, »du kannst es leugnen, so oft du willst, aber ich weiß, dass dir meine Küsse gefallen. Glaubst du nicht, dass ein Mann das einfach spürt? Mir ist klar, warum du mich damals dazu verleitet hast, die Party mit dir zu verlassen. Aber was wir taten, bevor du auf mich geschossen hast, das war nicht geschauspielert, hab ich recht?«

»Ich ...«

»Habe ich recht?«

Ihr Wille kämpfte gegen ihr Verlangen an. Doch schließlich senkte sich ihr Blick auf seinen wunderbar männlichen Mund, und sie nickte schweigend.

Ein Teil der Spannung in seinem Körper verflog. Er schmiegte sich bequem an sie und strich mit den Daumen abwechselnd sanft über ihre Lippen.

»Ich wusste es. Du wolltest mich damals küssen, und du willst es auch jetzt, nicht wahr?«

»Ja«, gab sie widerstrebend zu. Dann strich sie mit den Fingern durch seine Haare und wiederholte: »Ja.«

Ihre Münder fanden sich mit derselben Leidenschaft wie zuvor, doch dieser Kuss wurde weicher, tiefer, zärtlicher. Ihre Lippen passten sich dem Druck der seinen an. Seine Zunge war forsch, aber nicht aufdringlich, sondern streichelnd und liebkosend.

Schließlich hob er stöhnend vor Begehren und Verlangen den Kopf und verbarg das Gesicht in ihrer Halsbeuge. Seine Hände schlossen sich um dicke Strähnen ihres Haars, die er an seinen Wangen rieb. Als seine Lippen die sensibelsten Stellen an ihrer Kehle benetzten, beugte Chantal den Hals weit nach hinten.

Er ließ seine Finger an ihrer Brust hinabgleiten.

»Ich habe noch nie eine so zarte Haut wie die deine berührt«, bemerkte er. »Sie ist unglaublich sanft.«

Geschickt öffnete er das Tuch um ihren Oberkörper und entfernte es. Chantal, die sonst oft kein Oberteil trug, wurde plötzlich von Scham überflutet. Scout schob die Strähnen ihres Haars beiseite, die ihre Brüste verbargen, und betrachtete sie im diffusen Licht des Mondes.

»Du bist wundervoll«, murmelte er hingerissen und umfasste eine ihrer Brüste, knetete und liebkoste sie und beobachtete, wie sich die dunkle Spitze aufrichtete.

Mit jedem Streicheln seiner Hände wölbte sich Chantal von ihrer Unterlage aus weichen Farnen ihm noch mehr entgegen, jede Liebkosung entlockte ihrem Unterleib eine seltsame Erregung, die sich wie kreisförmige Wellen in ihrem ganzen Körper ausbreitete.

»Du hast Sand an den Fingern«, sagte sie in einem unsicheren Flüsterton.

»Entschuldige. Tut es weh?«

Sie schüttelte den Kopf. Der Sand machte seine Zärtlichkeiten nur noch sinnlicher, verführerischer. Unter seinen sanft zupfenden Fingern richteten sich ihre Brustwarzen zu festen, empfindlichen Spitzen auf. Jede seiner Berührungen ließ sie leise wimmern. Als sie dachte, er könne ihr Begehren nicht mehr weiter anfachen, blies er sanft über sie, um den Sand zu entfernen.

In ihrer Vorstellung schrie sie seinen Namen heraus, doch in Wirklichkeit war es nur ein heiseres Flehen. Er reagierte darauf, indem er eine ihrer Brustwarzen in den Mund nahm, sie mit Wärme und Feuchtigkeit, Leidenschaft und Verlangen umhüllte.

Chantal griff in die geschmeidigen Muskeln auf seinem Rücken. Bevor sie mitbekam, wie es geschehen war, lag er zwischen ihren Schenkeln und presste die Hüften rhythmisch gegen ihren Unterleib.

Schließlich richtete er sich wieder auf und nahm ihr Gesicht in seine Hände. Als er sie küsste, versanken die von seinem zärtlichen Mund noch feuchten Spitzen ihrer Brüste in seinem Brusthaar. Sie stöhnten beide vor Lust und Verlangen.

Chantal kratzte leicht von seiner Armbeuge bis zur Taille über seine Rippen. Mit einem tiefen Laut ergriff er ihre Hand und führte sie weiter über seinen Körper bis zu der harten Ausbuchtung seiner Shorts.

Ihr Atem stockte, zuerst vor Entsetzen, dann vor Freude, schließlich vor Bestürzung. Erwartete er von allen seinen Geliebten solche Intimität? Von seiner künftigen Ehefrau? Oder nur von Südseemädchen?

Sie stieß ihn von sich und rollte sich mit derselben Bewegung unter ihm hervor. Bis er wieder zur Besinnung kam, lehnte sie bereits am Stamm einer Palme, nach Atem ringend und ihre Brüste mit ihrem Haar bedeckend.

»Was in aller Welt ist denn los mit dir?«, keuchte er.

»Ich musste aufhören.«

Er sog tief, heftig die Luft ein.

»Wieso?«

»Weil ich nicht mit dir schlafen möchte.«

»Vor ein paar Minuten wolltest du das aber.«

Seine Stimme war sehr kontrolliert, was andeutete, dass er ziemlich wütend war.

»Tut mir leid«, flüsterte sie betreten.

»Das wird dieses Mal nicht ausreichen, Chantal. Damit kannst du das nicht beheben.«

Er strich über seine gewaltige Erektion. Diese unfeine Geste erregte ihren Zorn.

»Wie kannst du es wagen ...«

»Wie kannst du es wagen, so weit zu gehen und dann plötzlich alles abzublasen!«, schrie er. »Was glaubst du denn, wer du bist?«

»Was glaubst du, wer ich bin?«, gab sie zornig zurück. »Ein Mädchen von der Insel, das du benützen kannst, solange du Urlaub machst?«

»Urlaub!« Er richtete sich langsam auf. »Entführt werden, eine Schussverletzung abbekommen, zum Bau einer Brücke gezwungen werden – das nennst du Urlaub? Nach all dem, was du mir angetan hast, meinst du nicht, dass ich da ein Recht auf Wiedergutmachung habe?«

Sie verschränkte die Arme vor ihrer Brust, als habe er ihr einen Schlag verpasst.

»Du erwartest also von mir, deine Hure zu spielen, während du die Brücke für uns baust, ja? Eine Brücke als Gegenleistung für den uneingeschränkten Gebrauch meines Körpers?«

Dass er sie so wenig schätzte, traf sie bis ins Herz. Es

war eine immense Enttäuschung für sie. Sie hatte angefangen zu glauben, er habe in dieser Hinsicht mehr Format als die meisten anderen Männer.

»Also gut, Mr Ritland«, stimmte sie deprimiert zu. »Wenn es hilft, dass meine Leute ihre Brücke bekommen, werde ich mit Ihnen schlafen, solange Sie bei uns weilen. Aber«, fügte sie nach einem tiefen Seufzer hinzu, »Sie werden jedes Mal, wenn Sie in meinen Körper eindringen, wissen, dass dies der einzige Grund ist, weshalb ich es zulasse. Ich werde Sie hassen und verachten. Und da ich wirklich glaube, dass Sie ein rechtschaffener Mann sind, glaube ich, dass auch Sie sich danach hassen und verachten werden.«

Sie blickte ihm trotzig ins Gesicht.

»Ist es das, was du willst? Eine Hure, die dich ebenso wenig achtet wie du sie?«

Er schnaufte lange und mit einem pfeifenden Geräusch durch die Zähne und knurrte dann: »Komm mir nicht mehr nahe, oder ich vergesse mich und komme doch noch auf dein so großzügiges Angebot zurück.«

Ihr war nicht klar, wie sehr sie auf seine Antwort gewartet hatte oder wie wichtig sie ihr war, bis er das sagte. Erst dann lockerte sie langsam ihre unbeugsame Haltung. Sie ging mit ausgestreckten Armen auf ihn zu.

»Ich helfe dir auf dem Weg bis zum Haus.«

Er wandte sich von ihr ab.

»Ich sagte, du sollst mir vom Leib bleiben!«

»Aber allein schaffst du es mit deinem Bein doch nie den Pfad hinauf …«

»Mein Bein«, unterbrach er sie barsch, »ist das geringste meiner Probleme!«

Sie tauschten einen ebenso leidenschaftlichen wie gequälten Blick aus, dann wandte sich Chantal um und machte sich allein auf den Weg den Hügel hinauf.

8

Am nächsten Morgen kochte Chantal in der Küche ihres Hauses Kaffee, als Scout, auf eine provisorische Krücke gestützt, im Türrahmen auftauchte. Sie bemerkte sofort, dass er seinen Verband entfernt hatte. Die Narbe war kräftig rot, die Schwellung jedoch beträchtlich zurückgegangen. Seine Haare waren verrauft, die Safari-Shorts verknittert. Er war noch unrasiert und hatte offenbar am Strand geschlafen, und er sah übel und fies aus.

Aber eben auch hinreißend männlich und liebenswert streitsüchtig. Chantal fragte sich, wie sie es letzte Nacht fertiggebracht hatte, nicht mit ihm zu schlafen.

»Kaffee fertig?«, fragte er mürrisch.

»Beinahe.«

Sie lächelte dem Jungen zu, der wie ein Schatten nicht von der Seite des Mannes zu weichen schien.

»*Bonjour, Jean.*«

»*Bonjour*«, erwiderte Johnny verschlafen.

Chantal wandte sich wieder dem Herd zu und überprüfte den Inhalt der alten, gesprenkelten Emailkanne, die einen schroffen Gegensatz zu dem feinen Porzellan bildete, das ihr Vater aus Frankreich mitgebracht hatte.

Während Scout mit Mühe auf einem Stuhl Platz nahm, schenkte sie ihm Kaffee in eine der wertvollen Tassen ein. Sie versuchte nicht, ihm zu helfen, weil sie dachte, er würde es ohnehin ablehnen. Sobald er saß, lehnte Johnny die Krücke in Scouts Reichweite an den Tisch.

»Wo hast du die her?«, fragte Chantal und setzte sich mit ihrer Tasse Kaffee zu ihm.

»Die habe ich mir heute Morgen gemacht. In aller Frühe. Johnny half mir, einen geeigneten Stock zu finden. Und dann brachte er mir ein Messer.« Er lächelte dem Jungen zu, der die Anerkennung seines Idols zu spüren schien und dies mit einem strahlenden, zahnlosen Grinsen quittierte.

»Die leistet dir sicher gute Dienste.«

Scout nickte und nahm einen Schluck Kaffee. Sie sahen einander nicht direkt an, doch sie dachten beide an die letzte Nacht, an die Küsse, die sie ausgetauscht, an die Liebkosungen, die sie beide fiebrig und schwach hatten werden lassen.

Um das angespannte Schweigen zu brechen, fragte Chantal schließlich: »Möchtest du frühstücken?«

»Nicht, wenn es wieder Fisch ist.«

»Jeder hat ein Stück von dem Schwein bekommen, das gestern Abend bei der Feier gebraten wurde.«

»Die Inselversion von Schinken und Speck?«

Sie lächelte ein wenig.

»Kann man wohl so sagen.«

»Nein, danke. Ich habe wirklich keinen Hunger. Kaffee reicht mir. Vielleicht später ein bisschen Obst.«

Sie nickte.

Die Spannung brachte sie um. Es war schwer, ein Gespräch in Gang zu bringen, aber selbst belangloses Geplauder war besser, als dieses Schweigen ertragen zu müssen.

»Wie ich sehe, sind die Fäden aus deiner Wunde entfernt worden.«

»Habe ich selbst gemacht.«

Das war offensichtlich. Sie wartete darauf, dass er mehr dazu sagte, doch er zuckte nur lässig die Achseln.

»Ich, äh, ich habe nicht sehr gut geschlafen und bin aufgewacht, sobald es hell wurde. Und da ich nichts zu tun hatte, habe ich mir die Fäden herausgezogen.« – »Bist du sicher, dass es an der Zeit war, sie zu ziehen?« – »Nein.«

»Tut es weh?«

»Nein.«

»Du verziehst aber bei fast jeder Bewegung das Gesicht.«

»Es ist nur verdammt lästig.«

»Ja, das ist es sicher. Tut mir leid.«

»Das hast du bereits gesagt.«

Wieder herrschte betretene Stille. Sie schenkte ihm und sich Kaffee nach, obwohl ihre Tassen noch nicht leer waren. Als sie vom Tisch aufstehen wollte, ergriff Scout sie am Handgelenk.

»Ich habe dich nie als Hure gesehen, Chantal.«

Durch den Dampf, der aus der Emailkanne aufstieg, blickten sie einander in die Augen. Als ihr die Kanne zu schwer wurde, stellte sie sie auf den Herd zurück, setzte sich wieder ihm gegenüber und blickte auf den dunklen Inhalt ihrer Tasse.

»Chantal?«

Sie schaute auf.

»Wie konntest du nur denken, dass ich dich so gering schätze?«, fragte er leise.

»Du hast gesagt, ich küsse wie eine Edelnutte.«

»Deine Küsse sind intensiv, leidenschaftlich, köstlich. So manche Frau hätte diesen Vergleich als Kompliment aufgefasst.«

»Ich nicht.«

Für den Moment entmutigt, starrte er in seine Tasse. Dann blickte er Chantal über den Tisch hinweg an und erklärte: »Du verschweigst mir etwas. Sprich mit mir.«

Sie wandte sich fast schüchtern ab, ehe sie zu reden begann.

»Ich bin das Produkt dreier Kulturen: polynesisch durch meine Mutter, französisch durch meinen Vater, amerikanisch durch die Schule. Ich wusste, was mich erwartete, bevor ich nach Amerika ging, denn ich hatte sehr wohl bemerkt, wie man mich auf der Militärbasis anschaute. Schließlich ist es ziemlich offensichtlich, dass ich gemischtrassisch bin.«

»Aber du bist auf eine seltene und einzigartige Weise sehr schön. Diese Blicke, die du als abwertend interpretiert hast, waren wahrscheinlich Blicke der Bewunderung oder sogar der Begeisterung.«

»Danke. Einige davon vielleicht, aber ich habe gelernt, achtsam zu sein. Was die Menschen nicht verstehen, halten sie in der Regel von sich fern. Und wenn ich bewundert wurde, dann eben aus der Distanz.«

»Und wenn dir jemand nahe kam?«

»In der Regel erwartete derjenige von mir, etwas zu sein, was ich nicht bin.«

»Was passierte, als du in Los Angeles an die Universität warst? Hast du dich mit Männern getroffen?«

»Ja«, antwortete sie verhalten, »aber ich galt ziemlich schnell als unfreundlich und zurückhaltend. Obwohl ich eigentlich nur vorsichtig war.«

Sie stand auf und öffnete eine der Jalousien, um die frische Morgenbrise hereinzulassen.

»In meinem letzten Jahr dort lernte ich einen Diplomanden kennen, einen Geologen. Er hieß Patrick. Unsere Treffen entwickelten sich zu mehr als nur Freizeitbeschäftigung.«

»Du, äh, hast dich verliebt?«

Scouts Frage war zögerlich, ihre Antwort jedoch umso unmissverständlicher.

»Ich verliebte mich sehr heftig in ihn. Mit allem, was dazu gehört. Wir sahen die Welt durch eine rosarote Brille. Das Leben war wunderbar, wir hatten eine strahlende Zukunft vor uns. Wir wollten heiraten.«

Scout räusperte sich und rutschte nervös auf seinem Stuhl herum. Johnny beobachtete ihn angespannt, doch Scout schüttelte den Kopf, um dem Jungen zu versichern, dass seine Unruhe nichts mit seiner Verletzung zu tun hatte. Er konnte sich seine Gefühle selbst nicht erklären, abgesehen davon, dass er es als sehr unangenehm empfand, Chantal über ihre Liebe zu einem anderen Mann reden zu hören.

Etwas abfällig fragte er: »Und was ist mit Patrick und dem ganzen rosaroten Glück passiert?«

»Er hat mich seinen Eltern vorgestellt.«

Chantal setzte sich wieder an den Tisch. Ihre zusammengezogenen dünnen, schwarzen Augenbrauen zeigten, wie sehr sie sich quälte. Ein leises Lachen brach aus ihr heraus, doch es klang hohl und verbittert.

»Als Patrick ihnen von mir erzählte, waren sie offenbar sehr angetan von der Vorstellung, eine Schwiegertochter mit einem seltsamen französischen Namen zu bekommen. Er hatte ihnen allerdings nicht gesagt, dass ich nur zur Hälfte Französin bin.«

Sie zog die Lippen nach innen, um ihr Zittern zu verbergen. Bei der Erinnerung an jenen demütigenden Abend hätte sie am liebsten geweint.

»Das war das längste Abendessen, das ich jemals durchstehen musste. Seine Eltern waren sehr geschickt, aber ich habe ihre Missbilligung und ihr erbärmliches Entsetzen gespürt. Es gab keine Szene, keine Verletzung der Etikette – aber es herrschte eine spürbar eisige Atmosphäre.«

Selbst jetzt noch konnte Chantal die Bestürzung sehen, die sich in der Miene von Patricks Mutter abzeichnete, als sie erwartungsvoll die Tür öffnete und die Auserwählte ihres Sohnes zum ersten Mal zu Gesicht bekam.

Chantal hatte damals ihr bestes Kleid getragen. Sie war tadellos gepflegt gewesen. Es schien keine Rolle zu spielen, dass sie in jedem Semester die Beste ihres Studiengangs gewesen war oder dass sie fließend drei Sprachen beherrschte, einschließlich eines regionalen polynesischen Dialekts. Wäre ihr ein Horn aus der Stirn gewachsen, die Mutter ihres Verlobten hätte nicht betroffener reagieren können.

Sie war keine grausame Frau. Sie hätte Anstoß daran genommen, als selbstgerecht oder intolerant bezeichnet zu werden. Zweifelsohne jagte schon der Gedanke an den Ku-Klux-Klan oder an Neonazis ihr einen Schauer über den Rücken. Und dennoch war es undenkbar, dass ihr netter, weißer, protestantischer Sohn eine gemischtrassische Frau zu ehelichen gedachte.

»Patrick löste unsere Verlobung zwei Wochen später«, schloss sie mit leiser, beherrschter Stimme.

»Rückratlose Memme.«

»Er wurde immens unter Druck gesetzt.«

»Warum hat er seinen Leuten nicht einfach gesagt, sie sollen sich da raushalten?«

Chantal bemühte sich, Ruhe zu bewahren. Scout stellte schließlich nur Fragen, die sie sich selbst tausendmal gestellt hatte, doch sie von ihm hören zu müssen, empfand sie als Provokation.

»Die Missbilligung seiner Eltern war nicht der einzige Grund. Es spielten auch noch andere Dinge eine Rolle.«

»Zum Beispiel?«

»Zum Beispiel Kinder.«

»Was ist mit ihnen?«

»Er war der Meinung, wir sollten keine bekommen.«

»Wieso nicht?«

»Er meinte, es sei nicht gut, sie mit einem Stigma zu belasten.«

»Stigma? Du meinst, dass du als ihre Mutter für ihn so etwas wie eine Schande gewesen wärst?«

»Du nimmst mir die Worte aus dem Mund.«

»Und diesen Widerling verteidigst du auch noch, du lieber Himmel!«, sagte Scout mit anschwellender Stimme und schlug so fest mit der Faust auf den Tisch, dass die Tassen klapperten. »Wenn man das hört, könnte man meinen, du bist noch immer in den Kerl verliebt!«

»Bin ich nicht!«

»Na, dann ist es ja gut!«

Das lautstarke Wortgefecht endete abrupt. Zum ersten Mal an diesem Morgen kämmte Scout seine Haare, wenn auch nur mit den Fingern und aus purem Frust. Danach sahen sie noch schlimmer aus als zuvor.

»Glaub mir, Chantal, ohne diesen Trottel bist du besser dran. Das hört sich nach einem echten Verlierer an. Das wäre kein Mann für dich gewesen. Sei froh, dass die körperliche Anziehungskraft …«

Als er ihre starre Miene bemerkte, brach er ab.

»Oh. Er hat sich die Rosinen herausgepickt, und du warst die Dumme.«

Ihr fester Blick wurde so kalt und hart wie Diamant. »Patrick war nicht viel anders als die meisten Männer.«

Scout ließ sich gegen die Lehne seines Stuhls zurückfallen und breitete die Arme aus.

»Ach, jetzt verstehe ich! Du schießt – in meinem Fall sogar wortwörtlich – gleich auf jeden Hund, bloß weil ein räudiger Bastard Flöhe hatte!«

»Eine interessante Wortwahl. Aber der Bastard war nicht Patrick. Sondern ich.«

»Du weißt genau, was ich meine«, erwiderte er gereizt. »Er hat sich nichts dabei gedacht, mit dir zu schlafen, aber er ließ dich fallen, weil er den Druck seiner Eltern nicht aushielt. Und jetzt schlägt bei jedem Weißen, den du kennenlernst, gleich dein Sicherheitssystem Alarm.«

»Würdest du nicht ebenso reagieren?«

»Nicht, wenn ich meiner sicher wäre.«

»Das bin ich. Es sind die anderen, derer ich mich nicht sicher fühle. Bis ich weiß, dass ich voll und ganz als der Mensch akzeptiert werde, der ich bin ...«

»... machst du nicht gleich für jeden Kerl die Beine breit, der dich anmacht.«

»Ein wenig Finesse würde Ihnen guttun, Mr Ritland.«

»Und dir ein wenig Vertrauen. Habe ich dich jemals respektlos behandelt, als würde ich dich für ein minderwertiges Wesen halten, nur weil deine Mutter zufällig Polynesierin war?«

»Ja!«

Es verschlug ihm die Sprache.

»Das ist eine verdammte Lüge! Wann?«

»Wenn mich eine barbusige Inselschönheit verschleppt, dann lassen Sie nicht gleich nach mir suchen.«

Seine eigenen Worte zu Corey Reynolds aus ihrem Mund zu hören, überrumpelte Scout. Im ersten Augenblick blieb er ihr eine Antwort schuldig.

Chantal nutzte seine Sprachlosigkeit.

»Ich verstehe das so, dass du gern als verschollen giltst, so lange dich eine ›Inselschönheit‹ unterhält. Was natürlich nahelegt, dass ein Mädchen von Parrish Island ohne Moral, promiskuitiv und für jeden Mann zu haben ist, solange er sie will.« Sie unterbrach sich und seufzte tief. »Tut mir leid, aber ich werde nicht deine Inselschönheit sein.«

Scout hatte sich endlich von der Blamage erholt und stöhnte aus Ärger übertrieben auf.

»Nun mach aber halblang, ja? Das war eine Redensart, Chantal. Zwei Männer, die dumme Reden schwingen, wie es Kerle eben so tun, wenn es um Frauen geht.«

»Nun, ich fand es einfach nicht gut, weder als Einheimische noch als Frau.«

Fluchend warf er in einer Geste der Kapitulation die Arme hoch.

»Also gut. Ich entschuldige mich. Diese Bemerkung sollte von keiner dritten Person gehört werden. Sie war unsensibel. Ich verzeihe dir deine Lauscherei, wenn du mir verzeihst, dass ich ein schmieriger, chauvinistischer Trottel bin, okay?«

»Jetzt machst du dich über mich lustig. Du siehst mich nicht nur als leichte Beute, sondern hältst mich auch noch für dumm.«

Er schlug mit beiden Händen gleichzeitig und mit voller Wucht auf den Tisch.

»Kannst du dir nicht vorstellen, dass ich mich vielleicht aus ganz elementaren, ehrlichen Gründen an dich herangemacht habe? Zum Beispiel, weil ich dich für atemberaubend schön halte? Weil du einzigartig bist und von einer geheimnisvollen Aura umgeben, die für mich unglaublich anziehend ist?«

Er ergriff ihre Hand und strich mit dem Daumen darüber.

»Seit ich dich zum ersten Mal gesehen habe, wollte ich dich nicht wegen oder trotzdem küssen, was deine Eltern sind, sondern weil du einen verführerischen Mund hast, wie ich noch nie einen gesehen habe. Deine Haut fühlt sich an wie Blütenblätter, deine Haare sind schwarz wie die Nacht und deine Augen so tief wie eine Lagune ohne Grund. Und damit du nicht denkst, dass ich meiner dichterischen Ader freien Lauf lasse, um dich für mich zu gewinnen, gebe ich noch ein paar unverschämte, sexistische Wahrheiten zum Besten.«

Er lehnte sich über den Tisch und zog ihre Hand an seine Brust.

»Ich habe mir oft vorgestellt, wie du dich nackt und voller Lust unter mir bewegst und eins mit mir wirst!«

Ihre Lippen öffneten sich, zum Teil vor Überraschung, zum Teil vor Erregung. Langsam ließ sie die Luft ausströmen, die sie so lange angehalten hatte, dass sie nicht mehr wusste, wann sie zum letzten Mal ausgeatmet hatte.

»So etwas solltest du nicht zu mir sagen, Scout.«

»Warum nicht? Ich denke, du solltest wissen, was ich fühle. Ich möchte, dass du weißt, warum ich dich begehre. Nicht, weil ich glaube, dass du leicht zu haben bist. Um Himmels willen«, fügte er mit einem heiseren Lachen hinzu, »ich habe deinetwegen immerhin einiges zu erdulden gehabt. Wie könnte ich dich da als leichte Beute betrachten?« Dann drückte er leicht ihre Hand und fragte: »Warum glaubst du mir nicht?«

Sie musste ein paar Mal ziehen, doch schließlich schaffte sie es, ihre Hand freizubekommen. Sie starrte auf die Druckstellen, die seine Finger hinterlassen hatten, und blickte ihm dann tief in die Augen.

»Wegen deiner Verlobten.«

9

»Jennifer?«, fragte Scout matt.

»Ich glaube, so heißt sie, ja.«

Ohne sich ihren Schmerz anmerken zu lassen, stand Chantal auf, trug das Geschirr zum Spülbecken und pumpte Wasser darüber.

»Ich schätze, wenn du alles gehört hast, worüber Reynolds und ich gesprochen haben, dann ist wohl klar, dass du auch von Jennifer gehört haben musst.«

Sie bot all ihren Mut auf und stellte sich vor ihn.

»Dein Hochzeitstag rückt rasch näher, und Miss Colfax ist eine sehr hübsche junge Frau, die sich gerne mit Antiquitäten beschäftigt.« – »Hör zu, Chantal …«

»Macht nichts, Scout«, sagte sie müde. »Bitte erspare mir unnötige Erklärungen. Und verwickle mich nicht in deine Seitensprünge. Ich werde für dich kein Intermezzo sein, bis du wieder zu deiner tugendhaften Braut nach Boston zurückkehrst.«

Er hatte den Anstand, beschämt zu sein – ein Mann, der auf frischer Tat ertappt wurde und versuchte, mit dem ältesten Trick durchzukommen.

»Ich wollte dich nie beleidigen oder kompromittieren, Chantal. Ich habe ehrlich nicht viel an meine Heirat oder an Jennifer gedacht. Und ganz bestimmt nicht letzte Nacht.«

»Du meinst, dass ich dir das glaube?«

Er zog reumütig den Kopf ein.

»Nein, ich erwarte nicht von dir, dass du das glaubst. Aber zufällig ist es die Wahrheit.«

»Dann erscheinen wir beide in keinem guten Licht, nicht wahr?«

»Nein«, räumte er ein. »Besonders ich nicht.«

»Wir haben wir uns beide falsch verhalten. Ich habe auch nicht an sie gedacht, Scout«, gab Chantal leise zu.

Er schaute auf, und ihre Blicke trafen sich wieder. Eine bleierne Stille erfüllte die Küche, während draußen das Leben im Dorf langsam erwachte. Vom Fuß des Hügels wurden Geräusche alltäglicher Tätigkeiten laut. Doch sie schienen weit weg zu sein; sie konnten Chantal und Scout, die in ihrem Gefühlswirrwarr aus Begehren und Schuld gefangen waren, nicht erreichen.

Plötzlich knurrte Johnnys Magen laut. Chantal sagte etwas auf Französisch zu ihm, und nachdem er sich mit einem fragenden Blick Scouts Zustimmung eingeholt hatte, verschwand der Junge, um zu frühstücken.

»Trotz allem, was ich getan habe, würde ich dich nie davon abhalten, Jennifer zu heiraten«, sagte sie dann zu Scout. »Deshalb muss die Arbeit so bald wie möglich beginnen. Es sei denn, du weigerst dich, die Brücke zu bauen, weil ich mich weigere, das Bett mit dir zu teilen.«

»Ich sagte, ich baue sie, und das werde ich auch tun«, erklärte er streng.

Ein Angstknoten begann sich in ihrer Brust zu lösen, doch sie verriet ihm ihre Erleichterung nicht.

»Bist du bereit, mir die Entwürfe zu zeigen?«

»Zuvor möchte ich die Wahrheit wissen.«

»Worüber?«

»Boote.«

»Boote?«

»Als ich heute Morgen am Strand saß, dachte ich an eine Flucht auf dem Seeweg. Aber ich habe kein Schiff am Horizont gesehen, das ich auf mich hätte aufmerksam machen können.«

»Die Fahrrinne verläuft auf der anderen Seite der Insel.« –
»Das dachte ich mir«, brummte er. »Als Johnny endlich
verstand, was ich ihn fragte, wurde er so verzweifelt, dass
ich es nicht übers Herz brachte, ihn weiter zu bedrän-
gen.«

»Im Dorf gibt es viele Fischerboote. Wir haben sie vor
dir versteckt, aber mehr deinet- als unseretwegen. Ich
hatte Angst, du könntest dich zu einer Dummheit verleiten lassen.«

Er warf ihr einen schiefen Blick zu, sagte jedoch nichts.

»Wegen der heimtückischen Strömungen, die auch für
die besten Ruderer nur schwer zu bewältigen sind, werden diese kleinen Boote nur selten auf die andere Seite
der Insel gebracht. Ein Mann allein schafft es nicht; er
bräuchte ein Motorboot, und ein solches haben wir
nicht.«

»Wie habt ihr diese Baumaterialien hierher gebracht?
Doch nicht mit Kanus.«

»Wir borgten uns ein kleines Transportschiff, das im
Trockendock lag.«

»Borgten? Von … Na egal. Ich will es gar nicht wissen.«

»Na ja, die Marine hat es nicht benutzt, und wir haben
es wieder dahin zurückgebracht, wo wir es fanden.«

Er lachte kopfschüttelnd in sich hinein.

»Das kann nur die Wahrheit sein. Wer könnte so eine
Geschichte erfinden?« Mit einer Mischung aus Ungläu-
bigkeit und Bewunderung studierte er lange ihr Gesicht.
»Setzen Sie sich, Dr. Dupont.«

Nach einem kurzen Zögern ließ sie sich auf dem Stuhl
ihm gegenüber nieder. Sie fürchtete, die tiefe Falte zwischen seinen Brauen könne eine schlechte Nachricht bedeuten, wollte ihn jedoch bis zu Ende anhören.

»Das wird dir nicht gefallen.« Er rieb sich über das unrasierte Gesicht und brummte: »Nachdem das nun auf unser Gespräch über meine bevorstehende Hochzeit folgt, wirst du Gott weiß was daraus machen. Aber glaub mir, Chantal, meine Hochzeit hat mit dieser Alternative nichts zu tun.«

»Alternative?«

»Keine voreiligen Schlüsse, bitte«, versuchte er, ihren Argwohn zu beschwichtigen. Er suchte in den Taschen seiner Shorts und zog ein paar Blatt Papier hervor. »Ich habe eine machbare Lösung ausgearbeitet, wie man von einer Seite der Schlucht auf die andere kommen kann. Zumindest theoretisch funktioniert dieses Konzept.«

»Warum glaubst du, dass es mir nicht gefallen wird?«

»Weil es einige Kompromisse verlangt. Und Kompromisse einzugehen, ist nicht unbedingt deine stärkste Seite, wie ich inzwischen weiß.«

Sie legte die gefalteten Hände auf den Tisch.

»Was meinst du denn? Ich bin nicht so starrköpfig wie du denkst.«

»Okay.«

Er breitete die Blätter auf dem Tisch aus. Chantal bemerkte seine starken, braunen Hände, die mit sonnengebleichten Haaren bewachsenen Handrücken. Arbeiterhände, mit Schwielen an den Fingern, die Nägel kurz, aber breit und sauber.

Unwillkürlich erinnerte sie sich daran, wie diese Hände ihre Haut gestreichelt, ihren Körper liebkost und ihn sich angepasst hatten; wie diese Fingerspitzen ihr eine solche Lust bereiteten, dass sie geglaubt hatte, ihr Herz werde bersten.

Wenn er nach Boston zu seiner Jennifer zurückkehrte, würde sie es dann bedauern, nicht mit ihm geschlafen zu haben, als sie die Gelegenheit dazu hatte?

»... ohne Probleme.«

»Entschuldigung«, sagte sie und richtete ihre Aufmerksamkeit wieder auf ihn. »Was hast du eben gesagt?«

Er musterte sie mit einem seltsamen Blick.

»Das verstehe ich absolut nicht«, gab sie zu ihrer Verteidigung vor und zeigte auf seine rohen Skizzen.

»Dann setz dich neben mich, damit du die Zeichnungen aus derselben Perspektive siehst wie ich.«

Sie kam seiner Aufforderung nach. Ihr Bein streifte seines, als sie sich neben ihn setzte, doch sie tat so, als würde sie ganz beflissen auf die Zeichnungen blicken und die Berührung nicht bemerken.

»Was sind diese kleinen Schrägstriche?«, fragte sie und deutete darauf.

»Wie ich bereits sagte, als du offenbar vor dich hinträumtest, ist es von den Gegebenheiten her unmöglich, eine andere Konstruktion in Betracht zu ziehen als bei der alten Brücke, die du abgefackelt hast. Aber dafür müsstest du erst einmal neue Seile flechten lassen und so weiter.«

»Was? Gestern hast du noch von Pfeilern und Bogen und …«

»Moment, Moment. Lass mich das erklären, ja?«

Sie verstummte. Scout atmete tief durch und sprach dann weiter.

»Ich werde eine Hängebrücke bauen, aber sie wird nicht da hinkommen, wo die alte war. Sie wird viel weiter unten am Berg gebaut werden – da, wo sich die Schlucht zu einem V verengt«, erklärte er und machte ein Zeichen oberhalb einer geschnörkelten Linie, die den Fluss bezeichnete. »Sie wird von diesem Punkt hier ausgehend etwa eine Spannweite von dreißig bis fünfunddreißig Metern haben.«

»Das verstehe ich nicht. Wie soll man denn da hinunterkommen?«

»Das sind die Schrägstriche – eine Reihe von Treppen aus Beton, die in die Schlucht hinunterführen.«

»Stufen, die zur Brücke hinunterführen«, dachte sie laut. »Also eine kürzere Brücke, die leichter zu bauen ist und nicht so viel Material erfordert.«

»Und nicht so viele Arbeitskräfte.«

»Und nicht so viel Zeit.« Ihr beredter Blick streifte sein Gesicht und konzentrierte sich dann wieder auf die Zeichnungen. »Wie steil werden diese Stufen?«

»Wenn sie geradewegs nach unten führen würden, wären sie sehr steil. Deshalb habe ich sie in weiten Kehren geplant. Dadurch sind sie nicht annähernd so steil wie die Wand der Schlucht. Wahrscheinlich müssten ein paar Mann ständig dafür sorgen, dass sie nicht vom Dschungel überwuchert werden.«

»Das wäre kein Problem. Du hast von Kompromissen gesprochen.«

Er kratzte sich am Kopf.

»Zum einen würde es länger dauern, die Schlucht zu überqueren, als auf der alten Brücke. Und es wäre nach wie vor eine Art Freiluftübung.«

»Aber wesentlich sicherer.«

»Das wäre gewiss ein Vorteil.«

»Was noch?«, fragte sie.

»Jemand, der nicht gut zu Fuß ist, könnte sie nicht überqueren.«

»Das ist auch bis jetzt so.«

»War.« Er blickte zu ihr auf und grinste.

»War«, wiederholte sie leise und sprach einen weiteren Nachteil seines Plans an. »Und das Dorf wäre nach wie vor für Motorfahrzeuge unzugänglich.«

Er warf mit einem tiefen Seufzer den Bleistift vor sich hin.

»Das ist das größte Problem, Chantal. Ich habe die

halbe Nacht lang überlegt, wie man mit unseren begrenzten Materialien eine verkehrstaugliche Brücke bauen könnte. Aber es geht einfach nicht. Tut mir leid, aber ich kann keine Wunder vollbringen. Ich kann keine Brücke über eine solch breite Schlucht bauen ohne Bagger, Raupen, Kräne, modernes Baumaterial und Monate harter Arbeit mit einem Team von Ingenieuren.

Die Männer deines Dorfes mögen noch so bereitwillig sein, aber sie sind nun einmal keine Facharbeiter. Das ist keine Herabsetzung ihrer Fähigkeiten, sondern eine schlichte Tatsache. Ich denke, ich kann dir einen Fußgängersteg bauen, wie ich es dir beschrieben habe, einen, der von Betonpfeilern getragen wird und an Stahlkabeln hängt, aber mehr geht nicht.«

Sie studierte sein Gesicht, seine ernste Miene. Er schien die unverblümte Wahrheit zu sagen, sie konnte keine Falschheit darin finden. Ja, er schien es sogar aufrichtig zu bedauern, dass er ihr kein besseres Angebot machen konnte.

»Ich habe nur verlangt, dass du dein Bestes tust, Scout.«

Er lächelte.

»Dann willst du also, dass ich mit diesem Plan weitermache?«

Sie stand auf und krempelte die Ärmel hoch.

»Auf jeden Fall. Wo fangen wir an?«

Er quälte sich mühsam aus seinem Stuhl hoch und stützte sich auf die provisorische Krücke.

»Versammle deine Truppen, Prinzessin«, sagte er. »Dein Oberbefehlshaber möchte ihnen etwas mitteilen.«

»Seit wann hast du eine Brille?«

Scout beobachtete Chantal schon seit einer Weile von der anderen Seite des Wohnzimmers aus. Der Raum war nur von Öllampen beleuchtet, die ihr konzentriertes Gesicht in diffuse Schatten tauchten. Vor ihr lagen auf einem niedrigen Tischchen mehrere Brocken Lava aufgereiht, und sie schrieb etwas in ein Notizbuch.

Sie blickte auf und sah Scout durch die Brille an. »Seit meiner Schulzeit. Nur zum Lesen.«

»Hm. Woran arbeitest du gerade?«

»Daten über *Voix de Tonnerre.*«

»Wozu?«

Sie antwortete ihm nicht. Stattdessen schob sie ihre Brille über die Stirn nach oben und blickte ihn besorgt an.

»Du siehst müde aus, Scout.«

»Bin ich auch.«

»Warum gehst du nicht ins Bett?«

»Mir geht zu viel im Kopf herum.«

Sie saß da und hatte ein Bein untergeschlagen. Jetzt schob sie das Notizheft beiseite, verließ das Sofa und ging auf nackten Füßen lautlos zu ihm.

»Mein Vater sagt, ich kann eine gute Nackenmassage machen. Vielleicht hilft dir das, dich etwas zu entspannen.«

»Klingt großartig.«

Sie trat hinter seinen Stuhl und begann, mit geschickten Händen seinen Nacken und seine Schultern zu massieren. Es fühlte sich herrlich an, doch Scout konnte sich nicht vorstellen, dass es ihn entspannen würde. Mit Chantal fühlte er sich nie entspannt.

Seit der Feier und der Nacht am Strand, in der sie eigentlich miteinander hatten schlafen wollen und es dann doch nicht taten, war mehr als eine Woche vergangen. Er war noch immer nervös und gereizt und schien sich mit einem unterschwelligen, aber hartnäckigen Fieber herumzuschlagen. Obwohl er ständig Tabletten nahm, wurde er es nicht los.

»Die letzten paar Tage war es heißer als am Anfang, als ich hierherkam, nicht wahr?«

»Das ist der Vulkan«, erklärte sie, während sie seine verspannten Schultern knetete. »Die beiden Ausbrüche haben die Atmosphäre aufgeheizt.«

Denselben Effekt hatte Chantals Anblick auf ihn. Jeden Morgen erschien sie in einem einfachen Hemd und Shorts und arbeitete beim Bau der Brücke mit. Doch ihre Brüste machten sich ausgesprochen gut in den Hemden, und ihre langen, nackten Beine in den Shorts brachten ihn einer Eruption so nahe, wie es *Voix de Tonnerre* die ganze Zeit über schon war. Sogar in dicken Socken und schweren Stiefeln sahen ihre Beine einfach hinreißend aus.

Als Schattenspender trug sie stets den breitkrempigen, arg mitgenommenen Strohhut. Er war hässlich, doch als er sie einmal deswegen neckte, reagierte sie seltsam verletzt. Deshalb vermutete er, der Hut habe für sie so etwas wie einen sentimentalen Wert. Jedenfalls begann er, dieses Ding zu mögen und ertappte sich oft dabei, wie er unter den Arbeitern zu beiden Seiten der Schlucht danach Ausschau hielt.

Die Abende verliefen ruhig. Sie teilten sich die schattigen Räume des Hauses. In den ersten Tagen hatte er beim Betreten oder Verlassen eines Zimmers jedes Mal unwillkürlich nach einem Lichtschalter gesucht. Inzwischen aber bemerkte er das Fehlen von Elektrizität kaum noch. In Georges Büro stand ein batteriebetriebenes Radio. Nach dem Abendessen hörten sie eine halbstündige Nachrichtensendung, um das Neueste mitzubekommen, doch für das Inseldorf schien das Geschehen draußen in der Welt kaum eine oder gar keine Bedeutung zu haben.

Seltsamerweise vermisste Scout weder einen Fernseher noch seinen Videorecorder oder eines der anderen elektronischen Spielzeuge, die er zu Hause herumstehen hatte. Er war zufrieden damit, sich an den Abenden durch die umfangreiche Bibliothek der Duponts hindurchzuarbeiten oder einfach nur Chantal zuzuschauen, wenn sie geologische Tabellen studierte, die ihm wie böhmische Dörfer vorkamen.

Komisch war auch die Sache mit den Fotos.

Am zweiten Tag nach Baubeginn, während die Männer des Dorfes Materialien von dem Versteck am Strand zur Baustelle transportierten, bemerkte Scout, wie Chantal auf der anderen Seite der Schlucht einen perfekt versteckten Pfad hinaufstieg.

»Wo zum Teufel geht sie hin?«, fragte er Johnny.

Er erwartete keine Antwort, doch auch der Junge hatte gesehen, wie Chantal im Dschungel verschwand, und begann zu erzählen.

»Was? Langsam, langsam«, sagte Scout im Versuch, einige Brocken von Johnnys schnellem Französisch zu begreifen.

»Fotografie.«

»Fotografie? Sie macht Fotos?«

»*Oui, oui*«, antwortete Johnny aufgeregt, erfreut darüber, dass er sich verständlich machen konnte. Er tat so, als habe er eine Kamera und würde Bilder knipsen.

»Fotos«, murmelte Scout und schüttelte verwundert den Kopf. »Wovon denn?«

Einige Stunden später kam Chantal zurück. Scout sah, wie sie André einen Behälter mit einem noch nicht entwickelten Film und eine Anweisung gab, woraufhin der junge Mann verschwand.

»Wem gehört die Kamera?«, fragte er beim Betreten des Hauses und überraschte sie, als sie das Gerät gerade zur Seite legte.

»Es ist … die meines Vaters.«

Seine Krücke fiel klappernd zu Boden. Er nahm die Kamera zur Hand und betrachtete sie genau.

»Ein mordsfeines Ding.«

»Sie ist ziemlich kompliziert, ja.«

»Wo warst du damit?«

»In den Bergen.«

»Bei deinem Vater?«

»Ja.«

»Um ihn zu fotografieren?«

Sie schnitt eine Grimasse, die besagte, dass das die dümmste Frage war, die er ihr je gestellt hatte.

»Okay, ich gebe auf. Was fotografierst du?«

»Den Vulkan.«

»Ah. Und du hast André losgeschickt, um den Film entwickeln zu lassen.«

»Was ist daran besonders?«

»Nichts. Ich wundere mich nur. Wie geht es George?«

»Unverändert.«

»Was macht er dort oben? Ist er denn gar nicht ein bisschen neugierig, was hier unten alles passiert? Interessiert es ihn nicht, wie wir das Problem mit der Brücke lösen? Wann werde ich das Vergnügen haben, ihn kennenzulernen?«

Sie fächelte sich mit dem Strohhut Luft zu.

»Ich zeige dir die Fotos, sobald ich sie bekomme. Ich denke, sie werden dich faszinieren. Aber jetzt entschuldige mich bitte. Mir ist sehr heiß, ich möchte mich waschen.«

Es war nicht nötig gewesen, ihm zu sagen, dass ihr heiß war. Das hatte er bereits bemerkt. Ihr Hemd war durchgeschwitzt und klebte an ihrer Haut. Eine Schweißperle rollte langsam ihren Hals hinunter. Am liebsten hätte er sie mit der Zunge aufgefangen. Die dunklen Spitzen ihrer Brüste drückten sich durch die aufgesetzten Ta-

136

schen ihres Hemds. Es war Scout fast unmöglich gewesen, davon den Blick abzuwenden.

Die Sache mit den Fotos und ihrem Vater war offen geblieben. Er hatte nicht mehr daran gedacht – bis zu diesem Augenblick.

»Sind die Bilder eigentlich gut geworden?«

Chantal hielt mit dem Massieren inne.

»Die Fotos, die du neulich gemacht hast.«

»Oh ja, sie sind sehr gut geworden. Möchtest du sie sehen?«

»Ein andermal. Hör nicht auf mit dem, was du da tust. Hör bloß nicht auf.«

Mit einem leisen Lachen legte sie eine Hand auf seine Stirn, während die andere an seinem Nacken nach oben glitt und seine Kopfhaut massierte. Er gab einen tiefen, zufriedenen Laut von sich.

»Kein Wunder, dass George deine Nackenmassage wärmstens empfiehlt. Das fühlt sich wunderbar an.«

Sie massierte weiter seinen Kopf und seinen Nacken.

»Was hält dein Papa davon, dass du während seiner Abwesenheit das Haus mit einem Mann teilst?«

»Na ja, er ist schließlich kein Amerikaner, sondern Franzose.«

»Wie dachte er über deine Beziehung mit Patrick?«

Sie zuckte die Achseln.

»Wie geht es einem Vater in der Regel mit den Liebesgeschichten seiner Tochter? Er hatte gemischte Gefühle.«

»Du hast ihm also alles erzählt, sogar den Grund für das Ende?«

Er drehte den Kopf, damit er ihr ins Gesicht sehen konnte; dabei stieß seine Schädeldecke an ihren Bauch. Ihre Augen verrieten, dass seine Frage ihr Unbehagen bereitete.

»Nein, das habe ich ihm nicht erzählt.« – »Dein Vater ist der Grund dafür, dass du Patrick so leicht hast gehen lassen, stimmt's?«

»Ich weiß nicht, was du meinst.«

»Oh doch, das weißt du.« Als sie von ihm abrücken wollte, ergriff er ihre Hände. »Du hast gesehen, wie schlimm es für deinen Vater war, sich von seiner Familie und seinen Freunden zu entfremden, als er deine Mutter heiratete. Und du wolltest nicht, dass dem guten alten Patrick dasselbe passiert.«

Scout spürte eine intensive Abneigung gegen den Kalifornier, den er nie kennengelernt hatte. Er stellte ihn sich als Bücherwurm und Weichling vor, mit hängenden Schultern und glatten, dürren Händen, die aussahen, als wären sie aus Wachs.

Wenn er sich vorstellte, wie diese Hände liebkosend über Chantals Haut strichen, wollte er auf etwas einschlagen. Und zwar hart.

Er hatte Eifersucht stets für etwas extrem Dummes gehalten. Eifersüchtig auf einen Mann zu sein, den er nie zu Gesicht bekommen hatte, das war einfach lächerlich. Und dennoch hatte ihn das grünäugige Monster Eifersucht an der Gurgel gepackt und würgte ihn.

»Ich wollte nicht, dass sich Patrick mir verpflichtet fühlt, deshalb habe ich ihn ohne großes Aufheben gehen lassen.« Sie gab ihrer Stimme einen hochmütigen Klang. »Ich habe mir meine eigenen Gedanken gemacht. Ich bekomme keine Wutausbrüche, wenn nicht alles nach meinem Willen geht oder wenn man mir etwas, das ich will, wegnimmt. Ich bin eine erwachsene Frau.«

Seine Augen waren auf einer Höhe mit ihren Brüsten, die sich heftig hoben und senkten.

»Das habe ich gemerkt.«

Sein Geschlecht fühlte sich voll und fest an. Ständig

erregt zu sein und keine Befriedigung in Sicht zu haben, begann an seinen Nerven zu zerren und ihn reizbar zu machen. Er konnte die Reaktion seines Körpers auf Chantal so wenig kontrollieren wie seine unreife Eifersucht auf Patrick. Und diese Reizbarkeit verleitete ihn dazu, abfällig zu werden.

»Mich verrückt zu machen, das gefällt dir, nicht wahr?«

»Ich finde dieses Thema ermüdend, Scout. Lass meinen Arm los.«

Er gehorchte, aber als sie in ihr Schlafzimmer ging, humpelte er hinterher. Sie trat an einen französischen Toilettentisch, dessen Design feminin und völlig anders war als das aller anderen Möbel im Haus. Als er sie zum ersten Mal darauf ansprach, hatte sie erzählt, George habe diesen Tisch für Lili aus Frankreich kommen lassen. Nach dem Tod ihrer Mutter hatte Chantal ihn geerbt.

Das Zimmer war von Kerzen erleuchtet, die ein warmes Licht verbreiteten. Doch ihre Stimme ließ jegliche Wärme missen.

»Ich möchte zu Bett gehen.«

»Ich auch.«

»Scout, bitte. Ich dachte, wir hätten das Problem gelöst.«

»Gelöst?« Er lachte verächtlich. »So lässt sich mein momentaner physischer Zustand wohl kaum beschreiben.«

Er stemmte die Hände an beiden Seiten des Türrahmens ein, um sein Bein zu entlasten.

»Was würdest du tun, wenn ich deine Proteste ignorieren würde und einfach zu dir käme und anfinge, dich zu küssen?«

»Das würdest du nicht wagen.«

»Sei dir da nicht so sicher.«

Der drohende Unterton in seiner Stimme überraschte sogar ihn selbst, doch seine Frustration war so groß, dass er darüber hinwegging. Er hatte sie nicht wieder berührt, aber auch nicht vergessen, wie sie sich angefühlt hatte. Und er begehrte sie mehr als je zuvor.

Die Erinnerung an Jennifer, die allgemein als Schönheit galt, verblasste mit jedem Tag ein bisschen mehr. Sie plante sicher gerade als Vorbereitung für ihre Hochzeit Partys, Empfänge und Gott weiß, was noch alles. Sie war ein verwöhntes Gör und konnte einem furchtbar auf die Nerven gehen, aber sie verdiente es nicht, dass sich ihr Verlobter mit jeder Faser seines Körpers nach einer anderen Frau verzehrte und sich nachts wegen der Fantasien, denen er hilflos ausgeliefert war, schweißgebadet hin und her warf.

Noch nie zuvor war ihm das passiert. War Chantal der Grund? Oder lag es an der Situation? Den Umständen? Bildete diese Südseeszenerie einen verführerischen Hintergrund, von dem sie sich besonders vorteilhaft abhob?

Mit diesen Überlegungen hatte er sich während einer seiner schlaflosen Nächte herumgeplagt und diese nach ein paar Minuten verworfen. Wo auch immer Chantal Dupont seinen Weg gekreuzt hätte, sie hätte überall auf der Welt dieselbe umwerfende Wirkung auf ihn gehabt.

Er war fast vierzig Jahre alt. Sein Liebesleben konnte man nicht unbedingt als den Stoff bezeichnen, aus dem Träume gemacht wurden, aber er hatte genügend Beziehungen mit Frauen gehabt, um gut vergleichen zu können. Nichts, was er bisher erlebt hatte, konnte sich mit dem überwältigenden, durchdringenden, verrückten Verlangen messen, das er für diese Frau empfand.

Es war mehr als Lust. Er wollte sie, ja, aber er wollte nicht nur von ihrem Körper Besitz ergreifen, sondern auch von ihrem Kopf. Sie war die faszinierendste Person, die er je getroffen hatte. Er wollte hinter diese blauen Augen dringen, bis er das Wesen und die Seele der Frau, die sich darin widerspiegelten, in- und auswendig kannte.

Während er sie nun beobachtete, entdeckte er in diesen hinreißenden Augen einen Funken Angst. Er fluchte leise und ließ die Arme sinken.

»Ich werde dich nicht küssen«, sagte er heiser. »Ich habe nämlich keine Lust, durch einen Giftpfeil, eine Machete oder einen Speer zu sterben.«

»Was redest du da?«

»Ich rede von deinem Wachhund. André. Dem passt es ganz und gar nicht, dass ich Nacht für Nacht mit dir allein im Haus bin. Würde mich nicht wundern, wenn er draußen im Dunkeln unter einer Palme kampieren und nur darauf warten würde, dass du um Hilfe schreist.«

Sie tat seine Befürchtung mit einem leisen Kopfschütteln ab.

»Er führt bei der Arbeit alle deine Anweisungen aus.«

»Widerwillig. Er macht das nur, weil du es ihm aufgetragen hast und weil er weiß, dass ich etwas Gutes für das Dorf tue. Aber es gefällt ihm nicht, von mir etwas aufgetragen zu bekommen. Und wenn ich zurückblicke, kann ich sagen, dass ihm das noch nie gepasst hat. Sogar auf der Baustelle des Coral Reef hat er ziemlich die Atmosphäre verpestet. Und jetzt«, fügte er hinzu, »weiß ich auch warum. Er hat mich von Anfang an als Bedrohung empfunden, als Konkurrent im Wettbewerb um dich.«

»Das ist lächerlich.«

»Sag das ihm. Er betrachtet dich als seinen Besitz und würde eine Chance, mich um die Ecke zu bringen, nur willkommen heißen. Wenn ich aus der Reihe tanze, bringt er mich zuerst um und stellt erst danach die Fragen.«

Sie war alles, was eine vollkommene Frau ausmachte:

141

nachgiebig und stark, direkt und geheimnisvoll, un-
gekünstelt und komplex, elegant und verführerisch.

Sein glühender Blick machte sie befangen. Er bemerkte, wie sie schluckte und sich mit der Zunge nervös
über die Lippen fuhr. Aus dem Schatten klang ihre
Stimme belegt und unsicher.

»Was?«

»Nichts«, erwiderte er und wandte sich zum Gehen.
»Ich habe nur eben gedacht, dass du es wert sein könntest, für dich zu sterben.«

10

Chantal saß am Strand und sah, wie er schnaubend den Berg herunter auf sie zukam. Schon von Weitem erkannte sie, dass er vor Zorn rauchte wie der Krater des Vulkans – nur, dass Scouts Eruption unmittelbar bevorstand.

Direkt vor ihr blieb er so abrupt stehen, dass seine Arbeitsstiefel bis zu ihren Knien Sand hochschleuderten.

»Was zum Teufel ist los?«

Unter ihrem Hut hervor lächelte sie arglos zu ihm auf.

»Hallo, Scout. Ich bin so froh, dass du zu uns gekommen bist. Willst du nicht ein bisschen schwimmen?«

»Schw-schwimmen?«, stammelte er ungläubig. »Ich schufte mich für diese Leute zu Tode, und sie spielen hier unten am Strand, knüpfen Blumengirlanden und nehmen einfach einen freien Tag«, rief er aufgebracht. »Ich habe ja schon gemerkt, dass sich die Mittagspause länger und länger hinzog, aber da ich nun mal ein netter Kerl bin, und weil es so höllisch heiß ist, da dachte ich, hey, gönne ihnen ein paar Extraminuten. Und dann verschwinden auch die paar Arbeiter, die nach der Pause aufgetaucht sind, einer nach dem anderen, und bis ich mich umgeschaut habe, war ich der Einzige, der noch etwas getan hat!«

»Dann war es höchste Zeit, dass du zu uns gekommen bist, nicht wahr? Setz dich hier zu uns in den Schatten und kühle dich erst …«

»Ich will mich nicht hinsetzen, Chantal. Und ich will mich auch nicht abkühlen. Die Brücke ist fast fertig. Es müssen nur noch ein paar Stufen zementiert werden. Das Ende rückt in greifbare Nähe!«

»Dann kann es ja kaum schaden, einen Nachmittag freizunehmen.«

Ihre gelassene Ruhe brachte ihn vollends aus der Fassung. Er schlug sich mit den Fäusten an die Schläfen und fluchte ungehemmt.

»So regst du dich nur noch mehr auf«, fuhr sie folgerichtig fort. »Dabei könntest du dich ebenso gut beruhigen, denn die Männer werden bis morgen früh sowieso nicht mehr arbeiten. Der heutige Tag ist zu einem Feiertag erklärt worden.«

»Von wem – von dir? Steht deine Autorität etwa plötzlich über der meinen?«

Damit hatte er es geschafft, sie zu verärgern. Sie stand auf; ihre nackten Zehen gruben sich direkt vor seinen schweren Stiefeln in den Sand. Der knappe Bikini, den sie trug, taugte kaum für einen Kampf, doch ihr Blick funkelte angriffslustig.

»Wenn es um das Glück und die Zufriedenheit dieser Leute geht, ja, dann steht meine Autorität über der deinen. Und auch die der Dorfältesten. Der Rat des Dorfes hat sich bei mir beschwert; er erklärte, die Arbeiter seien müde und brauchten einen Tag zum Ausruhen. Sie sind nicht daran gewöhnt, jeden Tag so lange zu arbeiten, wie du es tust.«

»Na ja, ich bin auch nicht gerade total begeistert darüber, falls du das meinst!«

»Bitte schrei nicht so, Scout. Sonst werden sie ärgerlich.«

»Sie werden ärgerlich?«, wiederholte er wütend. »Es ist mir schnurzegal, ob sie ärgerlich werden oder nicht!«

Er bohrte sich einen Zeigefinger in die Brust.

»Ich habe einen Termin einzuhalten, und damit ich

das schaffe, brauche ich jeden Arbeiter an jedem Arbeitstag! Wir hatten ohnehin Verzögerungen genug, zum Beispiel, um nach den Hühnern zu suchen, die neulich aus dem Stall entwischt sind. Das hat Stunden gedauert, und es mussten sich unbedingt alle an der Suche beteiligen. Oder diese Geschichte mit dem Generator, der von einem ›bösen Geist‹ befallen war. Kannst du dir vorstellen, wie lächerlich ich mir vorkam, als ich mir das anhören musste? Und dieses ganze Hin und Her hat auch einen halben Tag in Anspruch genommen!«

Als letztes Argument beugte er sich zu ihr, sodass sie sich zurücklehnen musste, um nicht an ihn gedrückt zu werden.

»Sie sind es vielleicht nicht gewöhnt, lange zu arbeiten, aber ich bin es nicht gewöhnt, dass Arbeiter einfach von einem noch nicht beendeten Job weglaufen, bloß weil ihnen gerade danach ist.«

»Wir sind hier nicht in den Vereinigten Staaten.«

»Ach was!«, stellte er sarkastisch fest.

Chantal war entschlossen, die Ruhe zu bewahren.

»Ihr Leben kennt keinen Terminkalender. Verzögerungen sind für sie kein Problem. Sie sind Inselbewohner. Morgen wird exakt so ablaufen wie heute. Im Gegensatz zum Durchschnittsamerikaner werden sie nicht von einem Zwang zum Erfolg angetrieben. Sie arbeiten nur für das, was sie brauchen.

Ich persönlich glaube, das ist ein ausgezeichnetes Lebensmodell. Und so leid es mir tut, Scout, aber so lange du auf der Insel bist, wirst auch du dich danach richten müssen.«

Er biss sich auf die Innenseite seiner Wange – ein Ausdruck dafür, wie wütend er war. Seine nassen Haare hingen ihm in die Stirn; der Schweiß lief in kleinen Rinnsalen über sein schmutziges Gesicht. Das offene Hemd klebte an seinem Körper, und die krausen Brusthaare glänzten schweißnass.

Er sah umwerfend aus.

Da er gegen die gleißende Nachmittagssonne schaute, waren die Augen unter den dichten Brauen zu Schlitzen verengt. Sie erkannte, wie zornig er war, doch sie blickte ihm entschlossen ins Gesicht, nicht gewillt, auch nur einen Zentimeter nachzugeben. Die Männer des Dorfes hatten einen wohlverdienten freien Tag zugesprochen bekommen. Chantal war nicht bereit, ihnen diesen abzuerkennen und sie zur Arbeit zu zwingen. Das musste Scout einfach verstehen. Und wenn er es nicht verstand, dann musste er es zumindest tolerieren.

Plötzlich hob er den Arm. Sie zuckte zusammen, weil sie dachte, er werde sie schlagen, doch er blickte nur auf seine Armbanduhr.

»Okay, ein Vorschlag zur Vernunft«, erklärte er. »Es ist jetzt ein Uhr. Sie können Pause machen, bis die größte Hitze vorüber ist. Aber um vier ist die Freizeit zu Ende. Dann will ich jeden wieder an seinem Platz sehen. Bis es dunkel wird, können wir noch ein paar Stunden schaffen.«

»Du kannst von ihnen nicht erwarten, dass sie heute Abend noch arbeiten!«, rief sie aufgebracht.

»Und ob ich das kann. Ich habe eine Aufgabe zu erfüllen, und ich will, dass sie erledigt wird.«

»Warum diese Eile? Wegen deiner Verlobten?«

»Zum Beispiel.«

Nun verengten sich ihre Augen gefährlich. Er hatte sie zu einem lautstarken Wortgefecht herausgefordert. Sie hatte ihn aufgestachelt. Seine schlagfertige Erwiderung hatte weh getan, doch sie konnte nicht zulassen, dass er damit vom ursprünglichen Streitpunkt ablenkte.

»Sie kommen heute nicht mehr zur Arbeit und damit basta.«

Er hielt ihr den Arm mit der Uhr vor die Nase und tippte mit dem Zeigefinger darauf.

»Vier Uhr, Chantal. Nicht eine Sekunde später!«

Chantal reagierte, bevor sie überlegte. Blitzschnell riss sie ihm die Uhr vom Handgelenk und schleuderte sie in hohem Bogen ins Meer, zwischen die hohen Felsen.

»Jetzt werden Sie es schwer haben, die Sekunden zu messen, Mr Ritland.«

Scout starrte auf die an den Felsen brandende und sich dann zurückziehende Woge.

»Das war eine Rolex!«

»In diesem Dorf hat sie weniger Wert als eine Blumengirlande, und sie war nicht annähernd so schön.«

Hätte er noch einen Schritt nähertreten können, er hätte es getan. Doch da sie bereits Zehe an Zehe voreinander standen, musste er sich damit begnügen, sich noch ein wenig nach vorn zu beugen, sodass er sie nun berührte.

»Irgendwann erwürge ich dich!«, zischte er durch die zusammengebissenen Zähne.

Chantal warf den Kopf zurück und bot ihm trotzig ihren Hals. Er ließ sich verleiten und legte eine Hand darum, spürte ihren pochenden Puls unter seinem Daumen.

Einen langen Moment starrten sie einander in die Augen, dann senkte sich sein Blick auf ihren Mund. In einer unwillkürlichen Reaktion öffnete sie in einer stummen Aufforderung die Lippen.

Ein tiefes Stöhnen drang aus seiner Brust und formte sich in seinem Mund zu einem Fluch. Er wusste nicht, ob er sie an sich ziehen oder von sich stoßen sollte, und schob sie schließlich heftig zur Seite. Dann stapfte er ans Wasser hinunter, schwer auf Johnny gestützt, der ergeben an seine Seite geeilt war. Chantal beobachtete ihn atemlos und durcheinander, bis er verschwand.

»Chantal?«

Jetzt erst merkte sie, dass André sie schon mehrmals gerufen hatte.

»Entschuldige. Was ist los?«

»Hat er dir wehgetan?«

»Oh, nein, nein«, versicherte sie ihm hastig. »Er hat nicht verstanden, warum heute niemand arbeitet. Ich musste es ihm erklären.«

André blickte feindselig und voller Argwohn in die Richtung, in die Scout verschwunden war.

»Mach dir nichts aus ihm, André«, beschwichtigte sie ihn. »Genieße den Tag.«

Er schloss sich wieder der Gruppe junger Leute an, unter ihnen die schöne Margot. Chantal ließ sich in den Sand zurücksinken und gab endlich dem Schwächegefühl in ihren Knien nach, das sich nach der Auseinandersetzung mit Scout eingestellt hatte. Sie lehnte sich mit geschlossenen Augen an eine Palme und versuchte, ihr rasendes Herz und ihren Atem wieder zu beruhigen.

Es wurde immer schwerer für sie, ihm zu widerstehen. Abends, wenn sie seinen durchdringenden Blick auf sich gerichtet fühlte, wollte sie darauf in der Weise reagieren, zu der ihr Körper sie drängte. Sie wollte als Frau zu ihm gehen, ihn verwöhnen, das Verlangen stillen, das ihn sichtlich verzehrte.

Sie wollte, aber sie konnte es nicht.

Ihr Stolz ließ es nicht zu. Sie konnte sich nicht benutzen und dann wegwerfen lassen, wenn er zu Jennifer zurückkehrte, die die perfekte Frau für ihn sein würde.

Sie genoss die Loyalität und den Schutz der Inselbewohner. Im Falle eines Falles würden sie sie vor Scouts Verlangen schützen. Was sie jedoch am meisten fürchtete, war ihr Verlangen nach ihm. Und davor bot ihr Gewissen kaum einen Schutz.

»Wie weit noch?« Scout blieb stehen und wischte sich mit einem bereits durchnässten Taschentuch über das Gesicht.

»Noch mehr als ein Kilometer?«

Johnny blickte verwirrt zu ihm auf.

»Diese Hitze setzt mir anscheinend wirklich ganz schön zu. Ich rede mit einem Kind, das kein Wort von dem versteht, was ich sage. Aber das macht genauso viel Sinn wie alles andere, was mir passiert ist, seit ich der Inselprinzessin aus dem Ballsaal des Coral Reef Resort gefolgt bin. Hätte wissen sollen, dass sie zu gut ist, um wahr zu sein, Johnny. Hüte dich vor Frauen in Weiß, die aussehen, sich bewegen und reden wie eine Göttin. Früher oder später musst du es in der Hölle büßen.«

Johnny lächelte unsicher.

Scout seufzte und kletterte weiter den Pfad hinauf. Sie hatten das Dorf vor Stunden verlassen. Er hatte sich überlegt, dass er, nachdem er mit Chantal nicht klarkam, es vielleicht mit ihrem Vater versuchen sollte.

Er stellte sich diesen Franzosen als einen völlig abgedrehten Typen vor. Warum würde er sonst freiwillig in diesen vom Dschungel überwucherten Bergen bleiben, wo es sämtliche Insekten gab, die der Menschheit bekannt waren, und noch ein paar unbekannte Arten dazu? Die Hitze war mörderisch. Er kam sich vor wie ein Truthahn zum Erntedankfest, der in seinem eigenen Saft schmorte.

Voix de Tonnerre befand sich stets zu seiner Rechten. Ab und zu stieß der Vulkan Lava und Dampf aus, wie zur Erinnerung daran, dass er eine stete Bedrohung darstellte, mit der Scout rechnen musste. Konnte irgendein menschliches Wesen es in so einem Klima aushalten?

Nun, George Dupont konnte es offenbar. Scout war zuversichtlich, dass er Johnny hatte verständlich machen können, wen er treffen wollte. Auf seine Frage, wo er Dupont finden könne, hatte der Junge eifrig genickt und auf die Berge jenseits der Schlucht gedeutet.

»Ich weiß, dass er in diesen Bergen ist«, hatte Scout geduldig erwidert, »aber wo in diesen Bergen ist er?«

Mit Zeichensprache hatte er Johnny zu verstehen gegeben, dass er zu dem alten Mann geführt werden wollte. Minuten später hatten sie das Dorf verlassen. Doch inzwischen begann Scout sich zu fragen, ob der Entschluss zu dieser spontanen Bergtour wirklich klug gewesen war. Bei ihrem Aufbruch hatte er keine Vorstellung davon gehabt, wie lange sie dauern würde. Und nun war er völlig durchgeschwitzt und halb verdurstet, und sein Bein tat höllisch weh.

Sobald sie die Schlucht durchquert und den jenseitigen Rand erreicht hatten, entdeckte er den unter militärischen Tarnnetzen versteckten Jeep. Sein Herz hatte vor Erregung einen Sprung gemacht. Die Zündschlüssel fehlten, aber er hätte ihn wahrscheinlich kurzschließen können.

Doch ein Blick in Johnnys traurige Augen und die zitternde Unterlippe des Jungen hatten ihn umgestimmt. Er konnte ihm nicht die Last seiner Flucht aufbürden.

Außerdem wollte er die Brücke nicht unvollendet lassen. Die Arbeitsmoral, die ihm sein Vater von Kindesbeinen an eingedrillt hatte, hätte seinem Gewissen sonst keine ruhige Minute mehr Ruhe gegönnt.

Jedenfalls war er sehr neugierig, diesen George Dupont kennenzulernen, der wahrscheinlich blitzgescheit und ebenso exzentrisch war. Corey Reynolds hatte der Expertenmeinung des Franzosen bezüglich *Voix de Tonnerre* vertraut. Sein Unternehmen hatte Millionen in das Resort investiert, also musste er davon überzeugt gewesen sein, dass dieser Vulkanologe ein Ass auf seinem Gebiet war.

Noch aus einem anderen Grund hatte er der Versuchung, den Jeep zu nehmen, widerstanden. Chantal. Sie vertraute darauf, dass er die Brücke vollendete. Und er hatte es ihr versprochen. Er durfte nicht einfach sein Wort brechen. Sie hätte sonst das Vertrauen der Menschen verloren, die sie offensichtlich verehrten. Und außerdem konnte er sich nicht einfach auf- und davonmachen und nicht einmal Auf Wiedersehen sagen.

»Ich schade mir mit meiner verdammten Ehrbarkeit nur selbst!«, hatte er Johnny angebrummt. »Ein Pfadfinder, der ausflippt.«

Johnny hatte mit düsterer Miene feierlich genickt und erleichtert geschaut, als sie den Jeep unangetastet ließen.

Nun, nach stundenlangem Bergaufsteigen und Litern von vergossenem Schweiß, lief Johnny plötzlich durch den Dschungel voraus, plapperte auf Französisch und zeigte erregt auf einen Bergrücken am oberen Ende eines steilen Hangs.

»Dort oben?«, fragte Scout deprimiert.

»*Oui.*«

»Großartig.« Er seufzte laut und ging noch ein Stück auf dem steilen und gewundenen Pfad weiter. Dann legte er die Hände an den Mund und schrie: »George Dupont?«

Exotische, bunte Vögel flatterten auf, erschrocken über die Ruhestörung.

»Mr Dupont, mein Name ist Scout Ritland. Ich möchte Sie treffen, Sir. Ich bin sicher, Ihre Tochter hat Ihnen von mir erzählt.«

Er wartete. Keine Antwort. Vielleicht war der alte Mann schwerhörig. Er nahm an, dass Dupont Englisch sprach, doch dann kam ihm der Gedanke, dass das nicht sicher war. Warum also sich mit Brüllen verausgaben, bevor er dem Wissenschaftler von Angesicht zu Angesicht gegenüberstand?

Auf sein verletztes Bein achtend, arbeitete er sich weiter aufwärts. Johnny stützte ihn auf den letzten anstrengenden Metern. Als er das Plateau erreicht hatte, beugte er sich vornüber und stützte die Hände auf die Knie, um Atem zu schöpfen.

Schweiß strömte ihm über das Gesicht und tropfte von seiner Nase, lief in den Kragen seines durchnässten Hemds und sammelte sich in seinen Brauen. Kleine Tropfen sickerten ihm in die Augen, sodass sie brannten. Er richtete sich langsam wieder auf und wischte sich den Schweiß aus den Augen, doch da auch seine Hände schweißnass waren, half das nur wenig.

Seine Sicht war getrübt, und seine Augen schmerzten. Deshalb glaubte er zuerst nicht, was er vor sich sah. Er blinzelte mehrmals und schüttelte verwirrt den Kopf.

Es waren zwei, ganz oben auf dem Berg, mit Blick auf den weiten Südpazifik. Beide waren mit Blumen bedeckt und mit einem Kreuz gekennzeichnet.

Gräber.

Chantal tätschelte den Kopf des Kindes und trug ihm auf, ein paar Tage kein Wasser an die Verletzung zu lassen. Es war beim Spielen am Strand über einen scharfkantigen Stein gestolpert und hatte sich das Schienbein aufgeschlagen. Sie war gebeten worden, die Wunde zu versorgen, und dann hatte die Familie sie gedrängt, zum Abendessen zu bleiben. Es war ein dankbarer Akt der Anerkennung und eine Einladung, die sie nicht ablehnen konnte.

Doch während des ganzen Essens hatte sie an Scout gedacht und daran, wo er wohl war. Seit sie zusammen den Strand verlassen hatten, hatte sie weder ihn noch Johnny gesehen. Sie hatte erwartet, ihn bei ihrer Rückkehr zum Haus schmollend dort vorzufinden.

Es hätte sie auch nicht überrascht, wenn er stur an der

Brücke gearbeitet hätte, obwohl seine Männer ihn im Stich gelassen hatten. Aber er war nirgendwo gewesen.

Je mehr sich der Nachmittag dem Abend zuneigte, desto ängstlicher wurde sie. Bei Sonnenuntergang hatte sie nach André geschickt.

»Sieh nach dem Jeep.«

»Warum?«

Sie war versucht gewesen, ihn anzufahren: »Tu es einfach!«, konnte ihre Ungeduld jedoch noch zügeln. »Ich kann Mr Ritland nirgendwo finden. Hast du ihn gesehen?«

In diesem Augenblick hatte sie einem Dolchstoß gleich die Angst gespürt, dass am Ende André für Scouts Verschwinden verantwortlich sein könnte. Doch sie verwarf diesen Gedanken sofort wieder. Sie hatte Scout zu lange zugehört. Er machte sie Freunden gegenüber argwöhnisch, die sie ihr ganzes Leben lang kannte und denen sie immer vertraut hatte.

Während André ihren Auftrag ausführte, schritt sie unruhig auf und ab. Als er zurückkam und berichtete, dass der Jeep dort sei, wo er ihn abgestellt hatte, wusste sie nicht, ob sie erleichtert oder noch besorgter sein sollte.

»Nimm dir ein paar Männer und mache dich mit ihnen auf die Suche nach ihm.«

»Und was tue ich danach?«

»Bring ihn her.«

Ohne ein weiteres Wort war André aufgebrochen. Er war noch nicht zurückgekommen. Und je länger er ausblieb, desto unruhiger wurde sie.

Während sie dem verletzten Jungen und seiner Familie eine gute Nacht wünschte und sich mit der Erste-Hilfe-Tasche ihres Vaters auf den Weg zurück zum Haus machte, fragte sie sich erneut, wo Scout sein mochte.

Es war dunkel geworden. Das zerklüftete Terrain konnte selbst für jene Menschen gefährlich werden, die ihr ganzes Leben auf der Insel verbracht hatten. Scout wusste nicht, wo überall Gefahren lauerten. Und er hatte ein verletztes Bein, das nicht so stark war, wie er glaubte.

Was, wenn er gestürzt war? Wenn er irgendwo hilflos lag und verblutete? Was, wenn Johnny sich fürchtete, ins Dorf zurückzukehren und zu berichten, die Person, auf die er aufpassen sollte, sei ihm im Dunkel der Nacht entwischt?

Mit sorgenvoll gerunzelter Stirn betrat sie ihr Haus und stellte die Erste-Hilfe-Tasche an den Ort zurück, an dem sie im Notfall sofort griffbereit war.

Die Räume lagen in Stille und Dunkelheit; keine Lampe war während ihrer Abwesenheit angezündet worden. Scout war nicht zurückgekommen.

Doch dann drang ein schwacher, aber vertrauter Geruch in ihre Nase.

Ihr Herz machte einen Sprung und begann zu flattern. Zaghaft folgte sie dem Geruch in die Küche. Obwohl sie sich sagte, dass ihre Ängste dumm waren und dass es keine Zigarre rauchenden Geister gab, zögerte sie dennoch einen Moment, bevor sie die Bambustür öffnete.

Im Dunkel war die rot glühende Spitze der Zigarre sichtbar. Chantal hielt den Atem an.

»Was machst du da?«

»Ich nehme ein Bad.«

Scout lag in der tragbaren Kupferwanne, seine Knie ragten aus dem Wasser heraus. Die Haare waren nass und offenbar frisch gewaschen.

»Ich meine, mit ...«

»Der Zigarre?«, fragte er nonchalant, nahm einen kräftigen Zug und schickte ein paar Rauchkringel zur Decke hoch. »Ich glaube nicht, dass es George etwas ausmacht, wenn ich mir eine borge, was meinst du?«

Chantal schluckte schwer und schüttelte den Kopf. »Du kleine Lügnerin.«

Scout legte die Zigarre in einem Keramikaschenbecher ab, den er auf einen Stuhl neben der Badewanne gestellt hatte. Die Arme lässig auf dem Rand der Wanne, ließ er die Hände über das Wasser baumeln und schnippte mit den Fingern ins Nass, was sie jedoch mehr hörte als sah. So harmlos dieses Geräusch war, klang es doch ziemlich ominös, fast so unheilvoll wie seine erzürnte Stimme.

»Ich hatte einen höchst interessanten Nachmittag«, sagte er. »Sehr informativ. Ich glaube fast, ich sollte dir dafür danken, dass du auf dem freien Tag bestanden hast. Ich habe einen Teil der Insel zu sehen bekommen, den ich sonst nie gesehen hätte.«

Er nahm wieder einen Zug von der Zigarre.

»Ich habe natürlich an die zehn Pfund heruntergeschwitzt, habe mein linkes Bein überanstrengt, bis es wahnsinnig schmerzte, wurde von Schwärmen blutrünstiger Insekten attackiert, hatte ein Zusammentreffen mit einer Schlange, die so dick war wie mein Arm, und überlebte mit knapper Not einen Steinschlag. Aber davon abgesehen, war es ein toller Tag im Paradies. Und es war all diese Mühen wert, endlich deinen Vater zu treffen!«

Sein anfängliches Flüstern war immer lauter geworden und am Ende zu einem richtigen Geschrei ausgeartet. Chantal schüttelte sich vor Furcht. Die Augen geschlossen, versuchte sie, ihr inneres Gleichgewicht wiederzufinden und zu entscheiden, wie sie einen Mann beschwichtigen sollte, der offenbar Mord und Totschlag im Schilde führte.

»Ich werde dir alles erklären. Sobald du mit deinem Bad fertig bist, sehen wir uns im Wohnzimmer.«

»Wir sehen uns jetzt sofort!«

Er stand ruckartig auf, sodass das Wasser über die

Wanne schwappte, stieg fluchend heraus und stürzte sich auf Chantal. Sie schrie vor Entsetzen auf und versuchte, ihm zu entkommen.

Aber sie war nicht schnell genug. Scout erwischte eine Handvoll Stoff, und im nächsten Augenblick legte er den Arm um Chantal, drehte sie zu sich und drückte sie an die Brust, den Kopf über sie gebeugt, sodass Badewasser in ihr Gesicht tropfte.

»Warum hast du mir nicht gesagt, dass er tot ist?«

»Weil ich das für unklug hielt.«

»Weil du glaubtest, du könntest mich besser beherrschen, wenn ich dachte, er sei noch am Leben, richtig?«

»Richtig. Ich dachte, du würdest seiner Meinung in jedem Fall mehr vertrauen als meiner.«

»Vertrauen ist ein seltsames Wort, wenn du es in den Mund nimmst, Prinzessin«, bemerkte er verächtlich und drückte sie noch fester an sich. »Wann ist er gestorben?«

»Ungefähr eine Woche vor deiner Entführung.«

Chantal bemerkte, dass ihre Antwort ihn überraschte. Er hatte nicht damit gerechnet, dass George erst vor so kurzer Zeit gestorben war. Es gefiel ihr, dass er einen Augenblick ehrerbietiger Stille verstreichen ließ, bevor er sie mit weiteren Fragen bombardierte.

»Was ist passiert?«

»Er ist einfach ...« Sie hielt inne, um sich zu räuspern und die Tränen zurückzudrängen. »Er kam von einer Tour auf den Vulkan zurück und ist ... einfach gestorben. Herzinfarkt, vermute ich.«

»Du hast niemanden benachrichtigt?«

»Nein.«

»Du willst nicht, dass sein Tod bekannt wird?«

»Nein.«

»Warum nicht?«

»Sein Tod ist für niemanden wichtig, nur für mich und die Bewohner des Dorfes.«

»Und die konnten es mir nicht sagen, weil keiner von ihnen Englisch spricht, außer André.«

»Richtig«, gab sie leise zu. »Vater wollte neben meiner Mutter begraben werden. Irgendwann wird sein Totenschein ausgestellt, und welchen Unterschied macht es schon, welches Datum darauf steht?«

Sie spürte seinen harten Blick auf ihrem Gesicht und erwiderte ihn unerschrocken. Ihr Verhalten war unorthodox, aber ihrer Meinung nach notwendig gewesen. Sie schien nicht bereit, dafür eine Erklärung oder gar eine Entschuldigung vorzubringen.

»Eines muss man dir lassen – du bist clever«, sagte er schließlich.

»Nicht clever. Verzweifelt.«

»Wer hat sich den Plan ausgedacht, mich zu verschleppen, du oder dein Vater? Und wer hatte die Idee, dich als Lockvogel einzusetzen?«

Sie senkte den Blick auf sein Kinn.

»Ich.«

»Und die Pistole?«

»Vater war gegen Gewalt jeder Art. Er meinte, man könne wahrscheinlich mit dir reden und dich überzeugen, uns zu helfen. Aber André und ich hatten Zweifel.«

»Und als der alte Herr starb, hast du den Plan auf deine Art umgesetzt.«

»Ja. Ich bat André, die Waffe zu besorgen.« Sie hob den Kopf etwas an. »Und wir hatten recht, es so zu machen. Gewaltlos hätten wir dich nicht überzeugen können, für uns zu arbeiten.«

»Okay, ihr habt mich also hergebracht, und ich erklärte mich bereit, euch aus der Klemme zu helfen. Aber warum hast du mir die ganze Zeit über den Tod deines Vaters verheimlicht? Was war die Absicht dahinter?«

Ihr Trotz verflog wieder.

»Solange du glaubtest, dass er da war, solange du dachtest, er könne jeden Augenblick unangemeldet zurückkommen …«

Jetzt dämmerte es ihm.

»Solange würdest du vor mir sicher sein.«

»Es hat funktioniert!«, verteidigte sie sich.

»Bis jetzt, Prinzessin.«

Seine Lippen ergriffen wild von den ihren Besitz. Mit einem Arm um ihre Schultern, den anderen um ihre schlanke Taille gelegt, hob er sie hoch und presste sie an seine Nacktheit.

Chantal war bestürzt, als ihre bloßen Schenkel auf seine warme Haut trafen, auf seine weichen Haare, seine harte Männlichkeit. Und die nächste Woge aufwühlender Empfindungen schwappte über sie hinweg, als sich seine Zunge zwischen ihre Lippen drängte.

Sein Mund schmeckte, als habe er eben erst die Zähne geputzt. Er roch nach Seife und Zigarrenrauch und erregter Männlichkeit. Das Verlangen nach ihm, das geglommen hatte wie das Herz des Vulkans, verzehrte sie. Sie reagierte so, wie sie wollte, nicht so, wie es ihr Gewissen diktierte. Ihr ausgehungerter Körper ließ ihr keine andere Wahl.

Sie presste ihre Zunge gegen seine. Scout reagierte überrascht. Er zog sich zurück. Wartete. Und verschmolz dann mit einem sehnsuchtsvollen Laut erneut seinen Mund mit ihrem.

Sie fasste ihn um die Taille und ließ die Hände über seinen glatten, muskulösen Rücken gleiten. Wassertropfen waren noch immer an seiner Haut und benetzten ihre Fingerspitzen, als sie sich in seine festen Pobacken gruben.

Er küsste wild und leidenschaftlich ihren Hals. Seine

Bartstoppeln kratzten leicht über ihre Haut. Chantal legte den Kopf so weit zurück, dass ihre Haare beinahe die Kniekehlen berührten und an ihre nackten Schenkel schlugen.

Scout blickte an ihrem Körper hinab. Die Vorderseite ihres Hemds war nass, der Stoff klebte an ihren Brüsten. Langsam ließ er die Hände von ihren Schlüsselbeinen nach unten gleiten.

Seine Finger strichen über ihre Brustwarzen, die sich steif aufrichteten. Er küsste eine durch den nassen Stoff, ließ wieder und wieder die Zunge darüber gleiten und biss zärtlich in die weiche Wölbung darum herum. Ihr Oberkörper bog sich unwillkürlich nach hinten, ihre Hüften drängten nach vorn und kamen in elektrisierenden Kontakt mit seinen.

»Oh ja.« Er umfasste ihren Po, um sie stillzuhalten und an sich zu drücken, begrub das Gesicht zwischen ihrem Hals und ihrer Schulter und flüsterte heiser: »Ich will dich. Schlaf mit mir, Chantal. Bitte.«

Vielleicht wenn er nichts gesagt hätte … Vielleicht, wenn er sie nicht daran erinnert hätte, dass jede Beziehung zwischen ihnen nur flüchtig und ausschließlich körperlich sein würde … vielleicht …

Doch als er ihr Gesicht in seine Hände nahm und langsam und mit Bedacht ihren Mund küssen wollte, spannte sie sich an und wurde abweisend. Er spürte ihr Widerstreben und blickte sie fragend an.

»Ich kann nicht!«, rief sie leise, die Stimme qualvoll entstellt.

»Es tut mir leid. Ich kann nicht.«

Noch ehe er sie festhalten und überreden konnte, was beides leicht in seiner Macht gestanden hätte, rannte sie an ihm vorbei und durch die Hintertür hinaus.

Er stürzte hinter ihr her, kam jedoch abrupt zum Stehen, als dunkle Schatten aus dem Gebüsch auftauchten und die scharfe Spitze eines Speers auf seinen Nabel zielte. »Was zum Teufel?«

Chantal hielt in ihrer Flucht zum Strand inne. Sie wirbelte herum, und ihr Atem stockte, als sie sah, was geschehen war. »Oh, nein!«

André und einige andere junge Männer aus dem Dorf hatten Scout umstellt. Alle waren mit Messern und Speeren bewaffnet. Ihre Mienen waren entschlossen, ihre Haltung signalisierte Gefahr.

»Pfeif deine Wachhunde zurück, Chantal«, krächzte Scout.

Sie wandte sich an die jungen Männer, und diese ließen einer nach dem anderen von Scout ab und steckten ihre Waffen weg. André war der Letzte, der ihrer Aufforderung Folge leistete, und er tat es mit sichtlichem Widerwillen. »Wir haben ihn gefunden«, berichtete er Chantal.

»Du hast sie nach mir suchen lassen?«

Noch vor wenigen Augenblicken war Scouts Gesicht von Leidenschaft gerötet gewesen. Nun war es kreidebleich vor Zorn.

»Ich wusste nicht, wo du warst«, verteidigte sie sich. »Ich dachte, du bist vielleicht in Gefahr.«

»Na klar hast du das gedacht!«, knurrte er. »Du dachtest, ich könnte fliehen, bevor deine gottverdammte Brücke fertig ist. Was ich auch getan hätte, wenn ich nur einen Funken Verstand im Leib hätte.«

Er zeigte mit dem Finger auf sie.

»Ich werde dich nie mehr anfassen, selbst wenn du die letzte Frau auf dieser Insel sein solltest und ich auf ewig hier festsitze. Zum Glück ist aber beides nicht der Fall!«

Damit schob er den jungen Mann, der ihm im Weg stand, unsanft zur Seite, stapfte ins Haus und knallte die Tür hinter sich zu.

11

Eine Eruption von *Voix de Tonnerre* weckte Chantal am nächsten Morgen auf. Nichts regte sich, und die Atmosphäre war drückend und feucht. Explosiv. Sie fragte sich beklommen, ob das wohl ein Hinweis auf den Verlauf des kommenden Tages war.

Sie stand auf, wusch sich und schlüpfte in ihre Kleider. Niemand sonst befand sich im Haus. Scout war nicht in der Küche, wo er um diese Zeit normalerweise auftauchte und eine Tasse starken schwarzen Kaffee nach der anderen trank. Als sie in der Nacht zuvor vom Schwimmen zurückkam, war er verschwunden gewesen. Anscheinend hatte er die Nacht anderswo verbracht. Bei seiner Stimmung überraschte sie das nicht.

Sie frühstückte mit Obst und Kaffee und ging dann hinaus. Die Sonne stieg gerade über die Gipfel der Berge empor, und das Geräusch eines Pickels war zu hören, der gegen Metall schlug. Selbst wenn man die frühe Morgenstunde bedachte, war es unnatürlich still, als sie auf dem Weg zu der Arbeitsstelle durch das Dorf schritt. Vom Rand der Schlucht nach unten blickend, erkannte sie Scout. Sein olivgrünes Unterhemd zeigte vorne in der Mitte bereits einen dunklen Streifen Schweiß.

Sie hatte genügend Psychologiekurse absolviert, um ihn als Persönlichkeitstyp A zu erkennen – einer, der mehr leistete, als man von ihm erwartete, und der alles auf die bestmögliche Weise erledigen musste. Er ging immer bis an die Grenze. Noch ehe der Erste aus dem Dorf zur Arbeit kam, war er bereits voll bei der Sache und übernahm die ganze Verantwortung allein. Kein Wunder, dass ihn das gemächliche Lebenstempo der Insel irritierte.

Er hielt inne und wischte sich mit einem Taschentuch den Schweiß aus dem Gesicht. Dabei entdeckte er sie. Sie zuckte wie von einem Schlag getroffen zusammen, so sehr schmerzte sie seine unverhohlen feindselige Miene. Nicht, dass sie ihn nach den Ereignissen der letzten Nacht dafür hätte tadeln können. Eine derart schroffe Abfuhr hätte jeden Mann zutiefst verletzt.

Natürlich war es ihr gutes Recht, nein zu sagen. Aber sie hatte das nicht gern getan. Viel lieber wäre es ihr gewesen, wenn Scout sie voller Begehren angesehen hätte, wie zuvor, als er …

»*Mademoiselle?*«

Chantal fuhr schuldbewusst zusammen und wirbelte herum, als sie angesprochen wurde. Angehörige des Dorfrates hatten sich um sie versammelt. Sie wirkten sehr ernst, keiner wollte ihr in die Augen blicken.

»Was ist los?«

Sie spürte, dass die Männer im Begriff waren, ihr etwas sehr Schwerwiegendes mitzuteilen, dennoch unterschätzte sie die Bedeutung der Nachricht. Als sie geendet hatten, war Chantal wie vom Donner gerührt.

»Seid ihr sicher?«

Alle nickten mit grimmiger Miene.

»Na, was ist denn nun schon wieder los?«

Scout kam die letzten Stufen heraufgeklettert, die erst vor wenigen Tagen in die steile Wand der Schlucht einbetoniert worden waren. Vom langen Treppensteigen außer Atem, blieb er fragend stehen.

»Wo sind sie denn alle?«

Chantal musterte ihn, ihre Augen tasteten die seinen ab auf der Suche nach einem Funken Ehrlichkeit und Rechtschaffenheit und moralischen Prinzipien.

»Sie kommen heute nicht zur Arbeit.« – »Was? Willst du mir erzählen, dass sie schon wieder einen Tag freinehmen?«

»Sie werden weder heute noch morgen noch sonst irgendwann wieder zur Arbeit erscheinen.«

Er verlagerte das Gewicht vom linken auf das rechte Bein, starrte zuerst sie sekundenlang an und warf dann einen verwirrten Blick auf die Männer.

»Würde mir jemand gefälligst mitteilen, was hier vor sich geht? Mit ein paar Tagen harter Arbeit von allen könnten wir diese Sache zu Ende bringen. Was ist los mit euch Leuten?«

Chantal war die einzige Person, die ihn verstand. Ihr fiel es zu, das Problem zu erklären.

»Sie, Mr Ritland. Sie sind das Problem.«

»Ich?«, rief er, eine Hand auf die schweißnasse Brust legend. »Ich bringe mich halb um, damit etwas vorwärts geht, und tue alles, um mich ihren Bräuchen anzupassen. Ich habe ihnen gestern frei gegeben. Ich ...«

»Du hast eines der Mädchen aus dem Dorf verführt und ihr die Jungfräulichkeit geraubt!«

Die Worte wirkten wie ein Donnerschlag.

Scout blieb der Mund offen stehen; er starrte Chantal ungläubig an. Endlich brachte er ein schiefes Lächeln zustande.

»Das ist ein Witz, ja?«

»Sehen sie aus, als würden sie Witze machen?«

Den Tränen gefährlich nahe zeigte sie wutentbrannt auf die Dorfältesten.

»Diese Leute finden eine egoistische, selbstsüchtige Verführung absolut nicht zum Lachen, Mr Ritland!«

»Und ich eine falsche Anschuldigung auch nicht!«, feuerte er zurück.

»Du leugnest es also?«

»Jawohl! Wann hätte diese angebliche Verführung statt-
finden sollen?«

»Letzte Nacht.«

Chantals Brust fühlte sich eng und wie zugeschnürt
an. Sie bekam kaum genug Luft, um sprechen zu können,
doch sie zwang sich dazu. Mit bissiger Klarheit erinnerte
sie sich an seine zornigen Worte, bevor er letzte Nacht
verschwunden war.

»Ich weigerte mich, mit dir zu schlafen, und deshalb
hast du dir Margot ausgesucht und sie verführt. Geht es
dir nun besser? Hast du deine Gelüste befriedigt?«

»Welche Gelüste ich auch immer hatte, du hast sie an-
gestachelt, Prinzessin.«

Ein unwillkürliches Schluchzen kam über ihre Lippen.

»Ich habe mich dir angeboten als Gegenleistung dafür,
dass du die Brücke baust. Hättest du mich nicht einfach
daran erinnern und Margot in Ruhe lassen können?«

Scout ballte die Fäuste.

»Sie ist ein Kind, um Gottes willen!«

»Das war sie, bis gestern Nacht.«

»Ich war nicht einmal mit ihr allein!«

»Du denkst, sie ist hübsch.«

»Ist sie auch! Ich wäre blind, wenn ich das nicht sehen
würde. Aber deswegen zwinge ich mich ihr nicht gleich
auf!«

»Sie sagt etwas anders.«

»Dann lügt sie!«

»Das würde sie nie tun.«

»Nun, ich ebenso wenig! Der einzige Lügner hier ist
immer noch du!«

Der Treuebruch schmerzte so sehr, dass sie die Beleidi-
gung darüber fast nicht bemerkte. Sie wollte hören, dass
er das, was ihm vorgeworfen wurde, vehement ableug-

nete – allerdings nur, wenn das Leugnen auch der Wahrheit entsprach.

Warum sollte Margot lügen?

Sie richtete diese Frage an Scout.

»Das weiß ich nicht, aber sie lügt.«

»Letzte Nacht hast du gesagt …«

»Vergiss, was ich gesagt habe.« Er machte eine abwehrende Geste. »Ich war sauer, ja. Ich habe losgeplappert und sicher Dinge gesagt, die ich nicht hätte sagen sollen, aber ich habe die Nacht am Strand verbracht. Allein. Glaub mir, Chantal.«

»Was ich glaube, tut nichts zur Sache. Was zählt, ist ihre Meinung.«

Sie deutete auf die Dorfältesten.

»Für mich nicht.«

Chantal starrte ihn lange an und wünschte sich verzweifelt, ihm glauben zu können. Sein Blick war fest, er zeigte nicht das kleinste Anzeichen von Unaufrichtigkeit. Wenn es um andere Menschen ging, lag sie mit ihrer Intuition selten falsch. Scout hatte seine Schwächen, aber sie glaubte nicht, dass die Verführung junger Mädchen dazugehörte.

Schließlich wandte sie sich an den Rat und erklärte den Männern, Scout stelle Margots Behauptungen in Abrede. Die Ratsmitglieder besprachen sich untereinander und warfen ihm ab und an argwöhnische Blicke zu.

»Was sagen sie?«

»Das ist Margots Vater.« Sie zeigte auf den Mann, der am energischsten argumentierte. »Er sagt, er und seine Frau hätten Margot heute Morgen weinend vorgefunden. Daraufhin drängten sie sie, ihnen den Grund zu sagen, und sie erklärte, sie schäme sich dafür, für den Amerikaner, also für dich, ihre Jungfräulichkeit aufgegeben zu haben. Sie versuchen zu entscheiden, mit welcher

165

Methode sie deine Ehrlichkeit auf die Probe stellen können.«

»Methode? Was für eine Methode? Ich …«

Sie gebot ihm mit einer Geste Einhalt, hörte zu, als der Sprecher des Rates dessen Entscheidung mitteilte, und nickte dann.

»Und?«, fragte Scout. »Reden sie davon, meinen Kopf zu schrumpfen, oder was?«

Sie drehte sich zu ihm um und richtete sich zu voller Größe auf.

»Nein, sie sprechen davon, dich zum Vulkan hinaufzuschicken.«

»Das ist doch Wahnsinn!« Scout klatschte einen riesigen Farnwedel zur Seite, nur weil dieser das Pech hatte, zur falschen Zeit am falschen Ort zu sein – in seinem Weg. »Ich kann nicht glauben, dass mein Schicksal von einem Haufen Medizinmännern im Lendenschurz diktiert wird!«

Er schlug nach einem Insekt, das vor seinem Gesicht herumsummte.

»Wenn ich in die Staaten zurückkomme, verkaufe ich meine Geschichte an einen Produzenten aus Hollywood. Aber wenn ich es mir recht überlege, dann kauft sie keiner, weil das Ganze völlig unglaubwürdig ist.«

»Mit deinem Gequassel machst du nichts besser. Du solltest dir deinen Atem besser sparen.«

Er baute sich vor Chantal auf dem überwucherten Pfad auf, der in die Berge führte.

»Du weißt doch, dass das alles Schwachsinn ist, oder etwa nicht? Eine Verschwendung von Zeit und Energie. Wieso hast du dich von ihnen beschwatzen lassen?«

»Aus demselben Grund, aus dem ich alles andere getan habe: der Brücke wegen. Du kannst sie nicht allein fertig bauen. Aber die Leute werden nicht für dich arbeiten, bis du dich als würdig erwiesen hast und von *Voix de Tonnerre* gesegnet worden bist.«

Mit einem verdrießlichen Brummen tat er seine Meinung über diese Mission kund. Am Anfang war er als eine Art gottgesandtes Wesen aufgenommen und respektiert, ja beinahe verehrt worden. Durch Margots Anschuldigung wurde diese strahlende göttliche Aura nun sehr getrübt.

Der Rat hatte beschlossen, Scout müsse zu *Voix de Tonnerre* hinaufsteigen und ein Opfer darbringen. Wenn er das unbeschadet überstand, würden die Menschen dies als Zeichen werten, dass seine Gegenwart im Dorf von den Göttern gutgeheißen wurde, und ihm wieder Glauben schenken.

Er blickte wütend auf Chantal.

»So weit ich das sehe, hast du diese Anschuldigung erfunden, damit du zum Vulkan hinaufgehen und deine verdammten Nahaufnahmen machen kannst!«

Er zeigte auf die schwere Kameratasche über ihrer Schulter.

»Jemand muss mit dir kommen, um zu bezeugen, dass du die Opfer nicht einfach irgendwo im Dschungel abstellst. Und zufällig bin ich außer meinem Vater die Person, die sich mit dem Vulkan am besten auskennt.« Sie rückte ihre Kameratasche zurecht. »Sie verschwenden nicht nur Ihren Atem, sondern auch meine Zeit, Mr Ritland. Bitte gehen Sie weiter.«

Mit einem kräftigen Fluch fügte er sich. Sie marschierten stundenlang durch den dichten Dschungel der Vorberge, ehe der Aufstieg zu *Voix de Tonnerre* begann. Das Gewicht der Kamera und der ganzen Ausrüstung drückte Chantal so sehr, dass ihr Nacken, Schultern und Rücken schmerzten.

Scout trug den Proviant und einen Rucksack mit einer Opfergabe von jedem Dorfbewohner. Auch von ihm forderte die schwere Last ihren Tribut. Ohne es sich wirklich bewusst zu machen, schonte er sein linkes Bein. Häufig legten sie kurze Pausen ein, um Wasser zu trinken, doch sie schwitzten fast das meiste davon sofort wieder aus.

Endlich hatten sie den Dschungel hinter sich gelassen. Der Boden wurde felsiger und steiler, die Vegetation spärlicher. Hier oben herrschte eine angenehme Brise, doch gleichzeitig wurde die Luft dünner und wärmer.

Gerade als es so aussah, als ob keine Erleichterung zu erwarten sei, erreichten sie einen senkrecht aus einem Plateau aufsteigenden Felsen. Darüber ergoss sich ein Wasserfall und bildete am Fuß der Klippe einen Teich. Chantal ließ ihre Fotoausrüstung fallen, zog die Stiefel aus und sprang kopfüber ins Wasser. Scout folgte ihrem Beispiel. Beide tauchten tropfnass wieder aus den Fluten auf.

Sie setzte sich auf einen Felsblock und trank aus der mitgebrachten Wasserflasche, wrang ihr langes Haar aus und setzte dann ihren Strohhut wieder auf. Sie merkte, dass Scout sie aufmerksam beobachtete.

»Ist der von deinem Vater?«

»Was?«

Als sie erkannte, dass er von ihrem Hut sprach, nickte sie.

»Ja. Ich wusste, dass ich nie in seine Fußstapfen würde treten können«, sagte sie mit einem nachdenklichen Lächeln, »deshalb begnügte ich mich mit seinem Hut.«

»So etwas Ähnliches hatte ich mir schon gedacht. Und woran schreibst du jede Nacht?«

»Das letzte Kapitel des Buches, an dem er gearbeitet hat.«

»Du beendest es für ihn.«

Sie sah keinen Grund, unaufrichtig zu sein.

»Deshalb möchte ich seinen Todestag geheim halten. Der Verlag braucht nicht zu wissen, dass er nicht alle Daten selbst zusammengetragen und aufgezeichnet hat.«

»Aber dann bekommst du keine Anerkennung für deine Arbeit.«

»Das macht mir nichts«, erwiderte sie, überrascht über diesen Gedanken. »Trotz aller Kurse, die ich belegte, selbst in höheren Semestern, war mein Vater der beste Lehrer, den ich je hatte. Die Seele des Vulkans war in ihm. Er spürte sie wie seinen eigenen Herzschlag. Er kannte sie in- und auswendig. Mein einziger Pluspunkt ist, dass ich seine eifrigste Schülerin war.«

Scout blickte sie unbeirrt und durchdringend an.

»Ich habe dieses Mädchen nie berührt, Chantal. Das musst du mir einfach glauben.«

Ihre Brauen zogen sich zweifelnd zusammen.

»In deinem Zustand …«

»In meinem Zustand hätte ich hundert Frauen ins Bett zerren können, aber es wäre zu nichts gut gewesen. Es gibt nämlich nur eine Frau, die ich will, und das bist du.«

In ihrem Bauch löste sich ein Knoten, und sie musste kurz und heftig atmen. Am liebsten hätte sie dieses euphorische Gefühl mitgeteilt, doch es war zu überwältigend. Sie fühlte sich von dem schlimmen Gedanken befreit, er habe ein junges Mädchen in Verruf gebracht. Doch im Grunde war ihre Reaktion auf das ihm vorgeworfene Verbrechen Eifersucht gewesen.

Sie konnte die Vorstellung, dass er eine andere Frau begehrte, nicht ertragen. Es machte sie verrückt, sich auszumalen, dass er eine andere lieben könnte. Diese ebenso kleinliche wie überaus menschliche Haltung schockierte sie. Wie tief waren ihre Gefühle für Scout eigentlich?

Die Antwort, die sich in ihrem Inneren herauskristallisierte, beunruhigte sie, deshalb wollte sie sie zumindest für den Moment verdrängen.

»Wir gehen besser weiter.«

Sie schnürte ihre Stiefel und machte sich fertig zum Aufbruch. Als sie ihre Kameratasche über die Schulter hängen wollte, nahm Scout sie ihr ab.

»Lass mich die tragen.«

»Sie ist zu schwer.«

»Deswegen muss ich sie tragen.« Er verteilte die Lasten gleichmäßig auf beide Schultern. »So. Das geht. Wie weit ist es noch?«

»Ein, zwei Kilometer, vielleicht auch mehr. Ab jetzt wird das Gelände schwierig.«

»Zerklüfteter als bisher?«

»Ich fürchte ja. Und es wird sehr steil.«

»Geh voraus«, sagte er müde. »Ich bleibe dicht hinter dir.«

Es gab keinen Pfad mehr. Sie kämpften sich durch felsiges Terrain bis zum Gipfel des Berges direkt neben *Voix de Tonnerre* vor, der einen hervorragenden Überblick bot. Es war so heiß, dass ihnen die Atemluft in den Lungen brannte. Dennoch war es ein beglückendes Erlebnis.

Chantals Puls schlug nicht wegen der körperlichen Anstrengung so heftig. Er raste stets vor Aufregung, wenn sie dem Vulkan so nahe kam. Ein Blick über die Schulter sagte ihr, dass Scout ihre Gefühle teilte. Er starrte voller Ehrfurcht und Staunen auf dieses mächtige Naturschauspiel, das ein Eigenleben zu führen schien.

Der Vulkan spuckte Feuer. Lavaströme ergossen sich, Sturzbächen gleich, über den ebenmäßigen Bergkegel. Bei jedem rotglühenden Ausstoß erfüllte Donner die Luft, und der Boden unter ihren Füßen erzitterte.

»Allmächtiger Gott«, sagte Scout ehrfurchtsvoll, »das ist einfach großartig, findest du nicht auch?«

170

»Ich liebe es.« – »Wenn man sich das vorstellt – was er in diesem Augenblick ausspuckt, das wird noch in Millionen Jahren da sein. Wir erleben praktisch eine Geburt.«

Erfreut über Scouts Einsicht stand Chantal auf einem Felsvorsprung. Ihre Silhouette zeichnete sich dunkel vor dem rot gefärbten Himmel ab, die heiße Brise schmiegte die Kleidung um ihren Körper. Sie nahm den Hut ihres Vaters ab, öffnete ihren Zopf und ließ ihr Haar im Wind flattern. Das Glühen in der Atmosphäre ließ ihre Haut wie polierte Bronze schimmern. Sie hätte eine Hohepriesterin bei der Verehrung ihres heidnischen Gottes sein können.

Scout trat zu ihr.

»Danke dafür, dass wir dieses Erlebnis miteinander teilen dürfen.«

Ihre Blicke trafen sich und blieben ineinander verschlungen, bis eine mächtige Eruption die Erde erbeben ließ. Felsbrocken lösten sich und purzelten in wirrem Durcheinander den Abhang hinunter.

Chantal lächelte, denn in Scouts Zügen konnte sie so etwas wie Furcht erkennen.

»Wenn du Margot nicht verführt hast, musst du *Voix de Tonnerre* nicht fürchten.«

»Ich bin unschuldig, aber es würde mich trotzdem sehr erleichtern, wenn wir das Zeug aus diesem Rucksack loswerden und uns aus dem Staub machen könnten.«

Da es auch Chantal mittlerweile mit der Angst zu tun bekam, versuchte sie, dieses Gefühl mit Humor zu überspielen.

»Ich halte diese Einstellung von Ihnen nicht unbedingt für reumütig, Mr Ritland«, scherzte sie.

»Für mich ist das ja alles neu, weißt du. Was muss ich denn jetzt tun – dreimal in die Hände spucken, mich im

Kreis drehen und dazu bekennen, dass ich immer ein guter Junge sein werde?«

»Du machst dich lustig über uns, unsere Kultur.«

»Ihre Kultur. Du glaubst doch an diesen Hokuspokus ebenso wenig wie ich. Du tust doch nur so, um mich zu ärgern.« Er leerte den Rucksack und verteilte den Inhalt im Gelände. »Während ich das erledige, kannst du deine Fotos schießen, ja? Ich habe ja durchaus eine hohe Meinung von *Voix de Tonnerre*, aber ich weiß nicht, was er von uns hält.«

Sie stellte ein Stativ auf und montierte die Kamera. Dann machte sie ganz methodisch ihre Aufnahmen; jede wurde fantastischer als die vorherige. Sie verschoss eine Rolle Film und dann noch eine. Die Sonne ging unter, und der Himmel begann, sich dunkel zu verfärben, wenngleich *Voix de Tonnere* alles in ein rosig glühendes Licht tauchte.

»Zeit zurückzugehen, meinst du nicht?«, fragte Scout vorsichtig.

»Ja. Auch wenn ich das nicht gern tue. Es wird Jahre dauern, bis wieder ein Ausbruch dieser Größenordnung stattfindet.« Ihre Stimme klang traurig.

Scout packte die Geräte zusammen, während Chantal mit einer Mischung aus Ehrerbietung und Bedauern den Gipfel des Vulkans betrachtete.

Er berührte sie am Ellbogen, legte eine Hand auf ihre Wange und wischte eine Träne weg.

»Chantal? Prinzessin? Ich weiß, du gehst sehr ungern von hier weg. Ich erinnere dich auch nur widerwillig daran. Aber wir müssen diesen Hang hinunterkommen, bevor es vollständig dunkel ist.«

»*Au revoir*«, flüsterte sie. Dann machte sie kehrt und ergriff die Hand, die Scout ihr reichte.

Scout hatte nun weniger schwer zu tragen, und der Abstieg war nicht so anstrengend, deshalb kamen sie schneller voran.

Chantal dachte, dass sein Bein sicher schmerzen musste, doch er biss tapfer die Zähne zusammen und schien sogar mehr auf ihre Sicherheit bedacht zu sein als auf seine eigene. Sie verlor einige Male den Halt und wäre fast den steilen Hang hinuntergestürzt, wenn er ihren Fall nicht mit seinem Körper abgefangen hätte.

»Der Vulkan weiß schon, dass diese Opfergaben von uns sind, nicht wahr?«, fragte er mit einem besorgten Blick über die Schulter, als *Voix de Tonnerre* eine Fontäne aus Feuer und geschmolzenem Gestein in den Nachthimmel schoss. Die Eruptionen kamen nun rasch nacheinander; die Zeiten dazwischen wurden immer kürzer.

»Ich habe keine Angst. Du?«

»Teufel, nein«, erklärte er eisern.

Sie lachten beide und hasteten weiter, ohne länger darauf zu achten, ihre Ängste zu verbergen. Die Aktivität des Vulkans wurde immer heftiger. Ein Asche- und Schlackeregen ging um sie herum nieder.

»Schnell, ins Wasser!«, schrie Scout, als sie den Teich erreichten, in dem sie zuvor kurz gebadet hatten.

»Warte. Das ist einfach grandios.« Sie holte den Apparat heraus und begann zu fotografieren, so schnell der Kameramotor es erlaubte. »Oh, sieh dir das an!«

»Chantal.«

»Wenn Vater das sehen könnte …«

»*Chantal!*« Er nahm ihr die Kamera aus der Hand, ließ sie zu Boden fallen und riss Chantal bei seinem Sprung mit sich. Das Wasser schlug über ihnen zusammen; Scout kam zuerst auf den Grund und schob sie beide dann wieder an die Oberfläche. Als ihre Köpfe auftauchten, explodierte der Gipfel von *Voix du Tonnerre*.

Dieser Ausbruch übertraf alles bisher Dagewesene. Feuer regnete vom Himmel, glühende Asche fiel auf die Wasseroberfläche, erlosch dampfend und mit zischenden Geräuschen. Sie konnten nichts tun als dazustehen und das Schauspiel zu bewundern. Ehrfurcht verdrängte alle Angst.

Scout hatte es mit einer Geburt verglichen. Es war ebenso aufregend, ebenso schmerzlich, ebenso schön. Und es schien kein Ende zu finden.

Doch dann war alles urplötzlich vorüber.

Die Stille schien ohrenbetäubend.

Sie blieben minutenlang bis zum Kinn im Wasser. Schließlich ergriff Scout ihre Hand, und sie wateten ans Ufer. Der Vulkan sandte jetzt nur mehr Wolken weißen Rauchs in den Nachthimmel. Er wirkte dabei durchaus wohlwollend.

Chantal ließ sich erschöpft auf die Knie fallen. Scout sank neben ihr ins Gras. Worte schienen nicht angebracht; so schwiegen sie beide. Irgendwann zog Scout sie an sich und legte sich schützend eng neben sie.

Über ihnen trieb ein kühlender Wind Aschewolken auf das Meer hinaus.

12

Chantal wachte auf und löste sich aus Scouts Umarmung. Oder versuchte es zumindest. Als sie sich aufsetzte, hielt er sie an den Armen fest. Seine Augen öffneten sich. Ohne sie ganz loszulassen, blickte er in ihr Gesicht, berührte ihr Haar, ihre Wange.

Seine Miene war fragend und beredt zugleich. Fragte er sie, ob es sich gut angefühlt hatte, die ganze Nacht neben ihm zu schlafen? Konnte er aus ihrem Blick lesen, dass es so gewesen war?

Sie wollte sich zu ihm hinabbeugen und einen weichen, süßen Guten-Morgen-Kuss auf seine Lippen drücken. Aber wenn sie das tat, würde sie nicht mehr aufhören wollen, obwohl sie wusste, dass sie das musste. Wenn sie sich noch eine Sekunde länger mit ihm hinlegte, würde sie nie mehr von seiner Seite weichen wollen.

Mit ihren letzten Reserven an Selbstdisziplin befreite sie sich aus seinem Griff und stand auf. Ihre Kamera, stellte sie fest, hatte am Abend zuvor keine ernsten Schäden davongetragen; die belichteten Filme waren intakt und nach wie vor in ihren Dosen.

Scout brauchte länger, bis er auf die Beine kam. Seine Gelenke waren steif vom Schlafen in der nassen Kleidung. Offenbar schmerzte sein verletztes Bein wieder. Chantal sah, wie er sich, ohne es selbst zu bemerken, den Schenkel rieb, als er sich anschickte, ihre Wasserflaschen im Teich nachzufüllen.

»Dein Hut ist weg«, stellte er fest, sobald sie unterwegs waren.

»Ich habe ihn gestern Abend verloren, als wir den Berg hinunterliefen.«

»Du hättest etwas sagen sollen. Tut mir leid.«

»Nicht nötig. Vater würde es gefallen, wenn er wüsste, dass sein Hut irgendwo zu Füßen von *Voix de Tonnerre* liegt.«

Sie hatten nur wenig zu sagen, aber seltsamerweise kommunizierten sie besser als je zuvor. Und sie waren sich einander sehr deutlich bewusst. Oft blieben sie beide stehen und blickten sich einfach nur stumm in die Augen, als ob sie gleichzeitig von unsichtbarer Hand aufgehalten worden wären.

Sie hatten ein einzigartiges Erlebnis miteinander geteilt, und dadurch war offenbar etwas geschaffen worden, das sie auf eine unwiderrufliche Art und Weise verband. Oder vielleicht kam dieses neue Gefühl der Nähe auch daher, dass sie die Nacht im Schutz und umhüllt von der Wärme des anderen verbracht hatten.

Etwas Bedeutsames war geschehen. Etwas, das über Sex hinausging und einer spirituellen Erfahrung gleichkam. Sie spürten diese Veränderung, konnten sie jedoch nicht beschreiben. Und für den Augenblick schienen sie beide damit zufrieden, sie zu genießen, ohne sie benennen zu können.

Ihre Ankunft im Dorf wurde angekündigt. Trommeln begannen zu schlagen, lange bevor sie die Schlucht erreicht hatten. Sobald sie aus dem Dschungel heraustraten, brach die auf der anderen Seite versammelte Menge in Jubelschreie aus.

Chantal lächelte zu Scout hinauf.

»Anscheinend bist du der Held des Tages.«

Vorsichtig stiegen sie auf der einen Seite der Schlucht die neuen Stufen hinunter, überquerten die fast vollendete Brücke und stiegen auf der anderen Seite wieder hinauf. Sobald sie die Hälfte der Stufen hinter sich hatten, kamen ihnen die ersten Dorfbewohner entgegen, die es nicht erwarten konnten, Scout Anerkennung zu zollen.

»Was sagen sie?«, fragte er Chantal.

Johnny kämpfte mit andern Kindern darum, Scouts Hand halten zu dürfen. Er durfte neben dem Helden einherschreiten und tat dies mit sichtlichem Stolz.

»Die Eruption gestern Abend war ein Zeichen von *Voix de Tonnerres* Gunst. Sie sind überzeugt, dass ihr Vertrauen in dich nicht falsch war.«

»Gott sei Dank. Ich würde diese Stufen nur äußerst ungern mit Dynamit heraussprengen müssen.«

Er grinste unbeholfen, freute sich aber über den Empfang, der ihm zuteil wurde, und akzeptierte dankbar Blumengirlanden und andere Zeichen der Anerkennung, die ihm zugesteckt wurden.

Dann verfiel die jubelnde Menge plötzlich in Schweigen. Sie teilte sich ein wenig, und eine kleine Gestalt trat hervor. Chantal und Scout beobachteten neugierig, wie Margot auf sie zukam, den Kopf gesenkt, sodass das Gesicht von ihren Haaren verdeckt war.

Sie begann, kaum hörbar zu sprechen. Als sie ihre herzzerreißende Rede beendet hatte, blickte Chantal zu Scout auf.

»Nun?«, fragte er.

»Sie sagt, dass sie gelogen hat.« Chantal war so bewegt, dass sie sich räuspern musste. »Ihr Liebhaber hat offenbar von ihr verlangt, dich zu beschuldigen. Sie hatte Angst. Sie liebt diesen Mann und wollte ihm gehorchen. Aber mit der Lüge konnte sie nicht leben. Gestern Abend erzählte sie ihren Eltern die Wahrheit – aus Angst vor dem Zorn von *Voix de Tonnerre*.«

Scout betrachtete das zerknirschte Mädchen. In seinem Blick lag keine Verurteilung, sondern Mitleid.

»Sag ihr, ich nehme ihre Entschuldigung an und bin gewillt, die ganze Sache einfach zu vergessen.«

»So einfach geht das nicht, Scout.«

»Warum nicht?«

»Sie müssen bestraft werden.«

Sein Blick verriet Besorgnis.

»Was wird mit ihr passieren?«

»Der Rat hat beschlossen, dass ihre Bestrafung die Schande ist, die sie ertragen muss.«

»Und was ist mit dem Kerl?«

»Über seine Strafe musst du entscheiden, denn er hat versucht, dich in Verruf zu bringen.«

»Wer ist es?«

Chantal gab die Frage an Margot weiter. Tränen standen dem Mädchen in den Augen.

Mit zitternden Lippen murmelte sie: »André.«

Kaum war der Name ausgesprochen, als am Rand der Menge erneut eine Unruhe entstand. Sie setzte sich bis zu ihnen fort, und schließlich erschien André vor dem Mann, den er zu Unrecht angeklagt hatte.

Wenigstens stand er stolz da, das Kinn kampflustig vorgereckt. Seine Hände waren gefesselt, aber dennoch starrte er mit unverhohlenem Trotz auf Scout.

»Was wirst du mit ihm machen?«

Scout tauschte feindselige Blicke mit André aus, doch als Chantal ihm die Frage stellte, wandte er sich ihr besorgt zu.

Sie wiederholte die Frage.

»Du warst das Opfer seiner Täuschung. Deshalb liegt es an dir, seine Bestrafung zu bestimmen und sie auch auszuführen.«

Scout fuhr sich nervös durch die Haare.

»Wenn ich Richter hätte werden wollen, hätte ich Jura studiert. Können wir uns nicht einfach die Hand geben und den ganzen Quatsch vergessen?«

»Nein«, erklärte sie unnachgiebig. »Sie erwarten von dir, dass du ihn bestrafst. Er erwartet, bestraft zu werden. Wenn du das nicht tust, ist es schlimm für ihn. Es wäre ihm lieber, du würdest ihn töten, als dass er sein Gesicht verliert.«

André blieb stumm, doch seine Blicke bestätigten Chantals Worte.

»Also gut«, sagte Scout grimmig. »Jemand soll mir ein Messer geben.«

Chantal fuhr erschreckt zusammen, doch das geforderte Messer wurde von Hand zu Hand bis zu ihr gereicht. Sie gab es Scout.

»Vergiss nicht, dass du mich in diese Sache verwickelt hast«, sagte er mit gedämpfter Stimme und wandte sich dann an seinen Kontrahenten.

Er drückte ihm die Spitze des Messers in den Bauch, so wie André es zwei Nächte zuvor bei ihm gemacht hatte.

»Deine Bestrafung für den Raub von Margots Unschuld ist, dass du sie heiraten und ihr viele Kinder schenken musst.«

André hatte mit keiner Wimper gezuckt, als Scout die Waffe an seinen Bauch setzte, doch nun fuhr er zusammen. Unsicher blinzelnd schaute er zu Chantal, als sei er nicht sicher, ob er recht gehört hatte.

Die Dorfbewohner drängten Chantal, Scouts Urteil zu übersetzen, und reagierten dann mit impulsiven Kommentaren. Margot, die in sich versunken mit ihrem Rosenkranz in den Händen gebetet hatte, blickte auf.

»Frag sie, ob sie ihn liebt«, wandte sich Scout an Chantal.

Tränen liefen Margot über die Wangen, als sie mit atemloser Erwartung Chantals Frage aufnahm.

»*Oui, oui*«, nickte sie heftig und murmelte dann noch etwas.

Chantal übersetzte für Scout. »Sie sagt, wenn sie ihn nicht lieben würde, hätte sie nicht mit ihm geschlafen. Aber sie liebt ihn und wollte ihre Liebe um jeden Preis zum Ausdruck bringen. Selbst um den Preis der Scham oder des Todes.«

Scout konzentrierte sich einige Momente lang auf Chantals geheimnisvolle, blaue Augen, ehe er sich wieder André zuwandte.

»Du hast gehört, was sie gesagt hat. Sie liebt dich. Heirate sie. Schenke ihr Kinder.« Er trat noch näher an ihn heran und drückte ihm das Messer fest in den Leib, so dass es fast in Andrés Haut schnitt. »Und wenn du sie jemals schlecht behandelst oder auch nur traurig machst, dann komme ich zurück und mache einen sehr unglücklichen Eunuchen aus dir.«

Er trat zurück und fragte: »Nimmst du diese Strafe an?«

André, der erschüttert wirkte, nickte stumm.

»Gut.«

Mit einer schnellen Bewegung, die die Menge mit einem erschreckten Aufschrei quittierte, durchschnitt Scout Andrés Fessel. Dann warf er das Messer hoch, fing es an der Spitze wieder auf und reichte es dem verwirrten jungen Mann.

»So, das ist erledigt, und nun gehen wir alle wieder an die Arbeit und bauen diese verdammte Brücke fertig.«

»Du hast sie völlig in der Hand. Dass du André das Messer gegeben und dich dann umgedreht hast, hat sie total beeindruckt. Zuvor haben sie dich bewundert. Jetzt verehren sie dich.«

Chantal und Scout saßen auf einer gewebten Grasmatte, die ebenso gut ein Thron hätte sein können. Die Feier anlässlich der Fertigstellung der Brücke hatte bei

Einbruch der Dunkelheit begonnen. Ständig brachten ihm die Dorfbewohner Geschenke vorbei.

Sogar während Chantal sprach, legte ihm ein junges Mädchen kichernd eine Blumengirlande um den Hals, küsste ihn auf die Wangen und lief dann zu ihren Freundinnen zurück, die sie dazu ermutigt hatten.

»Glück gehabt«, kommentierte er Chantals zutreffende Beobachtung lakonisch. »Die Bestrafung, die ich verhängte, scheint funktioniert zu haben.«

Er deutete mit einem Kopfnicken auf die Frischvermählten, die sich liebevoll aneinander schmiegten, während Margots Eltern sie wohlwollend beobachteten.

»Ich schätze, André hat endlich kapiert, dass er dich nicht haben konnte, und sich dann für die Nächstbeste entschieden.«

Chantal mied dieses heikle Thema lieber.

»Margot wird ihm eine treue Frau sein. Er bringt ihr Englisch bei, was für mich heißt, dass er sie nicht nur sehr liebt, sondern sie als gleichberechtigt betrachtet.« Sie blickte zu Scout. »König Salomon hätte kein weiseres Urteil fällen können.«

»Du kennst die Geschichte von König Salomon?«

Sie schnaubte, um zu zeigen, dass ihr seine Neckerei nicht sonderlich behagte.

»Ich bin keine Heidin.«

»Manchmal frage ich mich.« Seine Stimme wurde sanft und leise. »Ich sehe dich vor mir, wie du oben auf dem Vulkan vor dem rot glühenden Himmel standest. Ich machte mir fast in die Hosen vor Angst, aber du warst von dieser wütenden Macht geradezu verzückt.«

»Das war unglaublich«, sagte sie nur. Dann, um das Thema wieder auf ihn zurückzubringen, fügte sie hinzu: »Die Männer des Dorfes respektieren deine Tapferkeit.

Die Frauen werden wegen deines Aussehens schwach. Sie sind alle verliebt in dich.«

»Alle?«

Eine Gruppe junger Männer führte zu ihrer Erbauung einen zeremoniellen Tanz auf. Messer klapperten, Metall schlug gegen Metall, Speere wurden gedreht und umhergewirbelt wie harmlose Stöcke. Einer der Tänzer jonglierte mit brennenden Fackeln und schleuderte sie meterhoch in die Luft.

Doch die Beweglichkeit und das Geschick der Tänzer blieben weitgehend unbeachtet, denn Chantal und Scout hatten nur Augen füreinander. Seit ihrer Rückkehr vom Vulkan war die Anziehung zwischen ihnen stark und stetig wie die Gewalt der Gezeiten.

Sie liebte ihn und konnte es sich endlich eingestehen.

Sie liebte die Hingabe, mit der er an der Beendigung der Brücke gearbeitet hatte, hart und fleißig und nie zufrieden mit unvollkommenen Ergebnissen. Er war ein strenger Aufseher, verlangte jedoch nichts von seinen Arbeitern, das er nicht auch selbst getan hätte. Und er behandelte jeden fair. Fehler oder Faulheit kritisierte er nicht, verteilte aber dafür Anerkennung für Eigeninitiative und außergewöhnlich gut ausgeführte Aufgaben. Er war ein Ehrenmann und voller Leidenschaft; das hatte bereits die Art und Weise gezeigt, wie er mit André und Margot verfahren war.

Sie liebte ihn leidenschaftlich.

Aber er würde sie verlassen, und sie wusste nicht, wie sie das ertragen konnte.

»Du solltest mehr trinken.« Sie musste diesen Bann brechen, der sie zwang, einander ständig anzuschauen. »Wenn dir die Feier nicht gefällt, verletzt du ihre Gefühle.«

»Wenn ich noch mehr trinke, werde ich gleich überhaupt keine Gefühle mehr haben. Meine Gliedmaßen sind schon völlig taub.«

Trotzdem setzte er den Kokosnussbecher an die Lippen und nahm einen kräftigen Schluck von dem Getränk, das, wie er inzwischen wusste, bei Weitem nicht so harmlos war, wie es schmeckte.

»*Monsieur?*« Eine ganze Familie trat vor und stellte einen Korb mit Früchten vor Scout ab.

»*Merci.*«

Chantal lachte über Scouts offensichtliche Verlegenheit, als der Mann mit seiner Frau und den Kindern wieder ging. »Mit einer barbusigen Frau zu sprechen ist dir immer noch unangenehm.«

»Ich kann eben auch nicht aus meiner Haut«, meinte er.

»Wie bist du eigentlich zu deinem Namen gekommen?« Sie nahm eine reife Papaya aus dem Korb und begann, sie zu schälen.

»Scout?« Er grinste lausbubenhaft. »Als ich klein war, haben wir Cowboy und Indianer gespielt. Ich wollte aber nie einer von den Pionieren sein, die im Planwagentreck nach Westen zogen, um sich dort als Bauern niederzulassen; ich war der harte Kerl mit der dunklen Vergangenheit. Deshalb spielte ich immer den Scout, den Anführer des Trecks. Und deshalb fingen die Kinder aus der Nachbarschaft an, mich so zu nennen.«

Er zuckte mit den Schultern.

»Außerdem klingt das wesentlich besser als Winston Randolph – das ist mein wirklicher Name.«

»Nein!«, rief sie belustigt und biss in die fleischige Frucht.

»Doch. Ein ziemlich scheußlicher Name für ein kleines Baby, was? Man fragt sich, was sich die Eltern dabei dachten.«

»Wie ist deine Familie?«, fragte sie und schälte weiter die Papaya.

»Nur ich bin noch übrig. Meine Eltern sind beide schon gestorben.«

»Oh.«

»Du kleckerst dich ganz voll.«

Er wischte ihr etwas Papayasaft vom Kinn und leckte dann seine Finger ab. Auch an ihrem Mund hingen einige Tropfen; er beugte sich zu ihr und nahm sie mit seiner Zunge auf. Chantal öffnete unwillkürlich die Lippen, wich aber gleichzeitig zurück.

Er sprach in einem langgezogenen Seufzer ihren Namen aus und blickte sie sehnsüchtig an.

»Du bist so unglaublich schön.«

»Du versäumst den Tanz. Und sie führen ihn nur dir zu Ehren auf.«

Gegen die Trommeln und Flöten konnte sie sich kaum Gehör verschaffen.

»Ich muss ihn nicht sehen. Ich höre den Rhythmus der Trommeln. Ich spüre ihn in meinem Kopf. In meinem Herzen. In meinem …« Er schluckte schwer und schloss die Augen. »Ich habe mich so sehr nach dir gesehnt. Du kannst dir nicht vorstellen, was es für eine Qual war, Nacht für Nacht dazuliegen, unter einem Dach mit dir, und dich nicht zu spüren, so wie da oben auf dem Berg.«

»Scout …«

»Unterbrich mich nicht. Lass mich ausreden. In dieser Nacht, in der wir zusammen unterhalb von *Voix de Tonnerre* schliefen, ist etwas Besonderes passiert.« Er breitete in einer hilflosen Geste die Arme aus. »Ich weiß nicht genau, was. Aber bis zu dieser Nacht dachte ich, dass mich vielleicht diese Südseeatmosphäre verführt hat und dass du nur ein Teil davon bist. Aber das ist es nicht, Chantal. Ich schwöre, es ist …«

Die Musik endete abrupt. Alle verfielen in Schweigen. Der Tanz war vorüber. Scouts Aufmerksamkeit wurde kurz von Chantal abgelenkt. Ihm fiel auf, dass das Zentrum des zeremoniellen Kreises plötzlich frei war. Jenseits der offenen Fläche registrierte er eine heimliche Bewegung, aber sonst geschah nichts.

Als er sich zu Chantal umdrehen wollte, saß sie nicht mehr neben ihm. Unmöglich. Er hatte ihr Verschwinden nicht bemerkt.

Er schaute nach links und nach rechts, sein Blick streifte über die Menschenmenge, doch Chantal hatte sich offenbar in Luft aufgelöst.

13

»Wo zum Teufel ...«

Die Trommeln setzten wieder ein, dieses Mal wesentlich langsamer. Scout wollte nicht noch einen Tanz ansehen. Er wollte Chantal finden und das abgebrochene Gespräch zu Ende bringen. Aber diese Feier fand ihm zu Ehren statt. Es wäre seinen freundlichen Gastgebern gegenüber äußerst unhöflich gewesen, einfach aufzustehen und zu gehen. Also lenkte er seine Aufmerksamkeit widerwillig auf die Mitte des Kreises, von der aus sich nun zwei Reihen junger Frauen auf ihn zu bewegten.

Grasröcke raschelten um nackte Beine. Hüften bewegten sich mit fast hypnotischer Präzision und Anmut. Wie schon der vorherige, war auch dieser Tanz sinnlich und verführerisch, ohne jedoch obszön zu wirken.

Vor ihm angekommen, teilten sich die beiden Reihen, die Tänzerinnen gingen links und rechts ab. Er bewunderte die Präzision, mit der dieses Schauspiel ablief, bis er nur noch die beiden letzten Akteurinnen vor sich hatte. Von diesen verschwand die eine ebenfalls; die andere blieb.

Plötzlich starrte er in herrlich blaue Augen.

Sein Herz setzte einen Schlag aus. Die unverhohlene Aufforderung in diesen Augen fesselte ihn. Chantal hatte das Bikinioberteil, das sie zuvor getragen hatte, abgelegt. Ihre bloßen, gleißenden Brüste waren nur unzulänglich von einer Blumengirlande verhüllt. Ihre Haut glänzte im flackernden Licht der Fackeln; das lange, schwarze Haar wogte um ihren Oberkörper.

Dann warf sie den Kopf in den Nacken und hob langsam, im Rhythmus mit den Trommeln, die Arme nach oben. Ihre Bewegungen waren geschmeidig und voller Anmut, die Hände ausdrucksvoll. Er bewunderte ihre Grazie und ihre Wendigkeit und war gebannt von ihrem verführerischen Reiz. Seine Auen hefteten sich auf ihren glatten, geschmeidigen Bauch, der wellenförmige Bewegungen vollführte. Der Grasrock schlug an ihre Schenkel und gab kurze Blicke auf nacktes Fleisch frei, bei denen ihm das Wasser im Mund zusammenlief.

Das Hämmern, das er in seinen Schläfen spürte, war lauter als der Ausbruch des Vulkans und mächtiger als die Wirkung des Alkohols. Sein Blut pulsierte heiß durch die Adern und konzentrierte sich so sehr in seinem Unterleib, dass er vor Verlangen stöhnte.

Die Hände nach oben gestreckt, den Kopf in hingebungsvoller Pose im Nacken und den Körper nach hinten gebogen, wirbelte Chantal im wilden Rhythmus wie eine heidnische Göttin. In einem letzten, aufbegehrenden Crescendo warf sie sich schließlich vor Scout nieder, den Kopf tief über die Knie gebeugt.

Dann schnellte ihr Kopf wieder hoch, sie warf die Haare zurück wie ein schwarzes Seidentuch und fixierte ihn mit der wilden Begierde einer Frau und dem stolzen, herausfordernden Blick einer Löwin.

Scout sprang auf und reichte ihr seine Hand. Chantal ergriff sie, er zog sie hoch und hob sie auf seine Arme.

Durch die laue Nacht trug er sie die Anhöhe hinauf zum Haus. Der Mond war so hell, dass er kein Licht brauchte. Seine Füße fanden den Weg mit Hilfe einer anderen Macht, denn sein Blick wich nicht eine Sekunde von Chantal.

Im Schlafzimmer angekommen, legte er sie sanft auf das Bett und schmiegte sich an sie. Seine geöffneten Lippen pressten sich auf ihren Mund zu einem langen, sich vertiefenden Kuss. Zärtlich erforschte seine Zunge ihren Mund, während seine Hände ihren Körper streichelten. Er öffnete den Grasrock und ließ ihn zu Boden gleiten, sodass sie nur ihr Bikinihöschen und die Blumengirlande bedeckten.

Dann stützte er sich auf und betrachtete sie. Unter den duftenden Blüten wölbten sich weich und voll ihre Brüste, ihr Bauch war straff und glatt, ihr Nabel Versprechen und Verführung zugleich. Er ließ die Hände in ihr Höschen gleiten und zog es aus. Ihr Venushügel war weich, dunkel und wunderschön wie eine geheimnisvolle Verheißung.

Er schob mit der Nase die Girlande beiseite und küsste ihre Brüste. Langsam, behutsam benetzte seine Zunge abwechselnd die Spitzen, bis sie fest und steif wurden. Es elektrisierte ihn, als sie seinen Namen keuchte. Er wollte ihr Lust bereiten. Seine Hand glitt zwischen ihre Schenkel, und sie hieß ihn mit einem tiefen Seufzer willkommen, der ihm sagte, dass sie für ihn bereit war.

Rasch stand er auf und begann, sich das Hemd auszuziehen. Chantal vermisste plötzlich die Sinnlichkeit, mit der seine Liebkosungen sie umhüllt hatten. Sie setzte sich auf, ergriff seine Hände und unterbrach sein frenetisches Bemühen, sich auszuziehen.

»Lass mich das tun.«

»Ich weiß nicht, ob ich warten kann«, sagte er mit einem unbeholfenen Lächeln.

»Du kannst.«

Langsam, sehr langsam, knöpfte sie sein Hemd auf. Dann schlug sie es zurück und presste die geöffneten Lippen auf sein warmes, feuchtes, Fleisch zu einem lasziven Kuss auf seine Brust.

Scout stöhnte vor Lust; seine Finger vergruben sich in

ihrem Haar. Während ihre Lippen über seine Brust wanderten, streifte sie ihm das Hemd ab und ließ es fallen. Sie umfasste seinen Brustkorb, fuhr mit den Handballen an dem Streifen Haare entlang, der seinen Oberkörper teilte, und ließ dann ihren Mund darübergleiten.

Einer Ekstase nahe, schloss er die Augen und verfolgte mit zusammengebissenen Zähnen, wie sie sich langsam und genüsslich nach unten vorwärtsküsste. Doch als sie seinen Slip entfernte, öffnete er die Augen und blickte auf Chantal.

Er schob ihren Kopf sanft am Kinn hoch und liebkoste mit dem Daumen ihre Lippen.

»Ich erwarte nichts. Du musst nichts tun.«

»Ich weiß. Eben deshalb will ich es.«

»Chantal«, stöhnte er.

Sie liebte ihn. Vollkommen. Langsam. Voller Lust. Scout starb einen langsamen, herrlichen Tod.

»Bist du sicher?«

Sie legte die Hände um seinen Po und zog ihn an sich. »*Oui*. Ja.«

»Ah, das ist wunderbar.«

Chantal schloss die Augen. Genoss seine Schwere auf ihr. Die Blüten ihrer Girlande wurden zwischen ihren Körpern zerdrückt; ihr Duft steigerte die erotische Atmosphäre. Das Gefühl seines Oberkörpers an ihren Brüsten ließ sie erschauern. Sie liebte es, ihre Hände über die festen Muskeln auf seinem Rücken gleiten zu lassen, Muskeln, die sie schon immer bewundert hatte, wenn er ohne Hemd herumgelaufen war.

»Ich kann ... kann mich nicht mehr zurückhalten«, flüsterte er keuchend.

»Tu es nicht.«

Er begann, sich zu bewegen; ihre Hüften reagierten auf

seinen Rhythmus und kamen ihm entgegen. Er flüsterte intime, erotische Worte in ihr Ohr, während sie in einem Gewirr aus Französisch und Englisch zu ihm sprach.

Sein Mund fand die Spitze ihrer Brust, und als er daran saugte, zerriss die Spannung. Sämtliche Empfindungen, die sie kannte oder sich vorstellen konnte, stürmten auf sie ein; sie hatte das Gefühl zu explodieren, zu strahlen wie ein Stern.

Als sie Scouts Höhepunkt spürte, stoben Funken vor ihren Augen; die Realität versank in Chaos und Ekstase.

»Und darum glaube ich, der Grund für meine Probleme mit dem Delegieren von Verantwortung ist, dass ich sie immer selbst übernehmen musste.«

»Haben deine Eltern deinen Ehrgeiz nicht positiv gesehen?« Eine Wange auf seiner Brust, spielte Chantal müßig mit Scouts Brustwarze.

»Sicher. Aber sie hatten nur ein begrenztes Einkommen. Ich wusste, wenn ich aufs College gehen und mehr werden wollte als der Fabrikarbeiter, der mein Vater dreißig Jahre lang war, dann musste ich das auf eigene Faust schaffen. Sie konnten mich nicht finanziell unterstützen. Ich hatte gleichzeitig mehrere Jobs, damit ich studieren konnte.«

»Es hat sich gelohnt. Offenbar hast du es prima geschafft.«

»Ich sammelte in verschiedenen Firmen Erfahrungen, bevor ich mich selbstständig machte. Und ich habe sehr klein angefangen. Deswegen hat das Projekt Coral Reef mir so viel bedeutet. Es war mein erster Vertrag mit einem richtig großen Unternehmen.«

Der Name Coral Reef ließ die Welt »draußen« unangenehm nahe rücken. Chantal schmiegte sich instinktiv an ihn. Und er legte die Arme automatisch eng um sie.

»Bis ich hierher kam«, sagte er verträumt, »dachte ich, die Welt dreht sich im Takt der Uhr. Ich war besessen von Terminen und Zeitplänen und dem nächsten großen Auftrag.«

Er hielt ihre Hand an die Lippen und küsste sie zärtlich.

»Durch dich habe ich gelernt, dass alles seine Zeit hat, und dass sich alle Dinge irgendwie erledigen lassen. Ich vermisse meine Uhr nicht einmal.«

Sie spürte, dass er lächelte.

»Ich bin mit dieser Kultur aufgewachsen, deshalb schreckt mich der hektische Lebensstil, der in den Staaten vorherrscht. Ich sehe zwar ein, dass das Leben dort nicht so beschaulich sein kann wie hier, aber es sollte doch so etwas wie einen Mittelweg geben«, meinte sie traurig.

»Ich gebe zu, dass ich eine gewisse Verachtung für die sogenannte Zivilisation hegte – im Vergleich zu dem einfachen Leben auf der Insel«, fügte sie hinzu. »Aber diese Woche habe ich gelernt, dass diese Kultur auch nicht vollkommen ist.«

»Wieso?«

»Durch die Geschichte mit André. Korruption und Betrug gibt es vermutlich in jeder Gesellschaft.«

»Weil Gesellschaften aus menschlichen Wesen bestehen, und die sind nun einmal fehlbar. Du zum Beispiel hast einen Hang zum Lügen.«

»Oh!« Sie stützte sich auf und blickte ihn mit gespielter Wildheit an.

Scout lachte und umarmte sie fest. Als sie sich wieder hinlegte, verschwand sein breites Grinsen jedoch. Er streichelte vorsichtig ihre Wange.

»Ich würde gerne wissen, was du denkst, Prinzessin.«

»Worüber?«

»Darüber. Über uns. Ich möchte, dass du weißt ...« –
»Nein.« – Chantal legte einen Finger auf seine Lippen. Sie
wollte ihre gemeinsame Zeit durch nichts Unangeneh-
mes verdorben wissen, vor allem nicht durch ein
schlechtes Gewissen. Margot war bereit gewesen, alles zu
opfern, um ihre Liebe für André zu bekennen. Chantal
glaubte, dass Margots Verhalten verständlich war.

Scout würde ihr nie gehören.

Er gehörte zu einer Frau, die sie nie kennenlernen
würde, zu einer Gesellschaft, die sie zweifellos verachten
würde. Nein, sie konnte nicht ihr Leben mit Scout teilen,
aber wenigstens eine Zeit lang seine Liebe. Solange er bereit war, ihr seine Liebe zu geben, wollte sie sie anneh-
men, auch wenn der folgende Kummer unausweichlich
wäre.

»Sag nichts, Scout. Ich will keine Rechtfertigungen
oder Erklärungen. Bitte.«

»Es gibt aber Dinge, die ausgesprochen werden sollten,
ausgesprochen werden müssen.«

»Bitte«, wiederholte sie ernst.

Er seufzte resigniert.

»Okay, aber du kannst mich nicht daran hindern zu
sagen, dass du die wunderbarste Frau bist, der ich je begegnet bin. Dein Gesicht, dein Körper«, sagte er heiser
und ließ den Blick über sie wandern.

»Du bist perfekt und einzigartig. Aber es ist nicht nur
dein Aussehen. Du bist exotisch und außergewöhnlich
und geheimnisvoll und bezaubernd und kapriziös und
unberechenbar und unwiderstehlich. Und selbst all diese
Worte reichen nicht aus, um Chantal Louise Dupont zu
beschreiben.«

Er ließ Strähnen ihres Haars durch seine Finger gleiten,
als staune er über dessen seidige Beschaffenheit.

»Heute, während du die Vorbereitungen für die Feier

beaufsichtigt hast, habe ich ein paar Seiten deines Manuskripts für das Lehrbuch gelesen.«

Er betrachtete sie und fuhr fort: »Du bist sehr gescheit, nicht wahr? Ich meine, ich bin ein einigermaßen intelligenter Bursche, aber von dem, was du da geschrieben hast, habe ich absolut nichts verstanden. Schönheit, Verstand, Gefühle, ein gesundes Selbstbewusstsein – und du setzt dich auch noch sehr für andere Menschen ein.«

Er zuckte hilflos die Achseln.

»Du bist alles, wonach eine Frau streben sollte.«

Nach einem langen, sehr beredten Kuss setzte sie sich auf.

»Ich weiß nicht, ob ich so poetisch sein kann.«

»Das war keine Poesie, sondern die Wahrheit.«

Sie berührte liebevoll sein Gesicht.

»Ich finde, du bist sehr schön.«

»Danke.«

»Das meine ich wirklich. Als du mir bei der Gala gezeigt wurdest, begann mein Herz zu flattern. Ich war froh, dass du es warst, den ich bezirzen musste.«

Ihr Finger zeichnete sein strenges Kinn nach.

»Du bist dickköpfig. Du wirst zu schnell ungeduldig mit dir. Aber ich bewundere Menschen mit einem starken Willen. Du bist einsichtig und scheust nie vor einem Problem oder einer Verantwortung zurück. Und du bist feinfühlig und zeigst Respekt für die Gefühle anderer.«

Ihre Fingerspitzen pflügten durch sein Brusthaar und fuhren leicht an seinem Oberkörper entlang.

»Und ich mag deine haarige Brust. Sie ist sehr sexy.«

Er brummte zufrieden.

»Ich liebe es, wenn man mich anhimmelt.« Großspurig verschränkte er die Hände hinter dem Kopf. »Sprich nur weiter.«

»Ich wollte gerade sagen, dass man jede deiner Rippen sieht«, sagte sie schelmisch und lachte, als sein selbstzufriedenes Lächeln verschwand. »Du bist jetzt dünner als bei deiner Ankunft.«

»Kein Wunder bei der gesunden Ernährung, die ich bekomme und den vielen Kalorien, die ich jeden Tag herausschwitze.«

Ihre Finger wanderten über seinen Bauch zu den Schenkeln. Sie berührte vorsichtig die frische Narbe.

»Das tut mir sehr, sehr leid.«

»Ich weiß.«

»Ich konnte es nicht glauben, als die Pistole in meiner Hand losging und ich dein Blut sah. Ich schwöre, ich wollte nicht auf dich schießen. Ich hatte nicht …«

Er drückte ihre Hand.

»Ich weiß.«

Sie legte seine Hand an ihren Hals.

»Du warst so zornig, als du wieder zu dir kamst und merktest, was passiert war.«

»Ja, war ich. Aber …« Sein Blick glitt mit neu entfachtem Verlangen über sie. »Noch schmerzlicher als die Wunde war, wie sehr ich dich wollte. Ich habe das Gefühl, ich wurde nur geboren, um dich zu begehren.«

Er zog sie zu sich herab. Nach einigen forschenden Küssen murmelte er an ihren Lippen: »Ich möchte dich berühren.«

»So?«

Sie bewegte seine Hand zu ihrer Brust. Er setzte sich auf, nahm die steife Brustwarze zwischen die Lippen und spielte damit, bevor er sie in den Mund nahm.

»Scout!«, rief sie atemlos.

»Ich will dich.«

Innerhalb von Sekunden hatte er sie, und sie bewegte sich auf ihm. Seine Hände glitten über ihre Brüste und ihren Oberkörper hinab. Er liebkoste sie und beobachtete dabei, wie ihr Gesicht sich vor Leidenschaft rötete.

Sie atmete schnell. Empfindungen überrollten sie wie warme, brechende Wellen. Sie ertrank in ihnen. Während sie gleichzeitig zum Höhepunkt kamen, schrie ihre Seele hinaus »Ich liebe dich!«, doch danach wusste sie nicht, ob die Worte tatsächlich über ihre Lippen gekommen waren.

Sie fiel vornüber auf seine Brust, zu erschöpft und zu gesättigt, um sich von ihm herunter zu bewegen.

Er legte die Hände auf ihre feuchte Haut.

»Du hast gesagt, die Seele des Vulkans sei in deinem Vater«, flüsterte er. »Sie lebt auch in dir, Chantal. Ich spüre sie um mich herum, wie einen Herzschlag.«

Es war hell geworden, und er brach auf.

Sie war nicht überrascht. Sie hatte gewusst, dass er gehen würde. Sie gab vor zu schlafen, als er sich von ihr löste, seine Finger aus ihrem Haar befreite und das Bett verließ. Lautlos sammelte er seine Kleidung auf und stahl sich aus dem Raum.

Mit geschlossenen Augen lag sie reglos da und lauschte den Geräuschen, während er packte. Sie hörte seine Schritte, als er wieder in den Flur kam. Obwohl sie die Augen fest geschlossen hielt, wusste sie, wann seine Gestalt die Türöffnung ihres Schlafzimmers füllte und sein Schatten auf den Boden fiel.

Und sie spürte den Augenblick, in dem er seiner Inselschönheit Adieu sagte, denn in diesem Moment öffnete sich eine große Leere in ihr, eine gähnende Kluft, die sich nie würde schließen lassen.

Er verließ das Haus ohne ein Geräusch, ohne die Tränen zu sehen, die über ihre Wangen und auf das Kissen rollten, das sie geteilt hatten.

14

Es war kalt in Boston. Er hatte schon fast vergessen, wie sich kaltes, feuchtes Wetter anfühlte, wie es sich anfühlte, wenn man bis ins Mark fror.

Die Heizung in Jennifers BMW lief auf Hochtouren. Und sie selbst ebenfalls. Sie hatte nicht aufgehört zu reden, seit sie ihn am Flughafen abgeholt hatte.

»Ich sollte wirklich wütend auf dich sein.« Geschickt wich sie in der Auffahrt auf die Autobahn einem Taxi aus. »Als du mich von Kalifornien aus anriefst, hätte ich beinahe aufgelegt, noch bevor du erklären konntest, wo du warst und warum.«

Sie hatte vor dem Terminal auf ihn gewartet und heftig gehupt und ihm zugewinkt, als er mit seinem einzigen Koffer und für die kalte Witterung völlig unpassend gekleidet aus dem Gebäude kam. Während er den Koffer auf der Rückbank verstaute, entschuldigte sie sich dafür, dass sie ihn nicht am Flugsteig abgeholt hatte.

»Aber dann hätte ich parken und den ganzen Weg durch den Flughafen zu Fuß gehen müssen, und das war ja wohl nicht nötig«, hatte sie erklärt, sich zu ihm gebeugt und ihm ihre Lippen angeboten, die er flüchtig geküsst hatte.

Jetzt tätschelte sie über die Mittelkonsole hinweg vorsichtig seinen Schenkel.

»Ich kann es nicht glauben, dass dich eine Einheimische angeschossen hat! Mein Gott, Scout, das muss ja schrecklich gewesen sein. Du musst mir alles erzählen. Aber zuerst sollte ich dich auf den Stand der Dinge bringen und dir alles berichten, was in Boston passiert ist, solange du weg warst.«

Sie rasselte eine Litanei von Beziehungsgeschichten und Geburten herunter, die sich in ihrem gemeinsamen Freundes- und Bekanntenkreis ereignet hatten.

»Bevor ich es vergesse, Mr Reynolds – er besteht jetzt darauf, dass ich ihn Corey nenne – er hat gestern angerufen. Als ich ihm sagte, du seiest auf dem Heimweg, lud er uns für morgen Abend zusammen mit seiner Frau zum Essen ein. Ich habe zugesagt.« Ihre Stimme nahm einen leisen, vertraulichen Tonfall an. »Ich glaube, er will dir ein Angebot machen, zu dem du nicht nein sagen kannst. Ist das nicht aufregend?«

War sie immer so geschwätzig gewesen?

»Mutter war so gestresst, weil sie Angst hatte, du würdest nicht rechtzeitig zur Hochzeit zurück sein. Sie musste das Bett hüten und Medikamente nehmen. Als du dann anriefst, hat sie sich schlagartig erholt und nannte dich ›mein armer Liebling‹. Deine späte Rückkehr ist dir also verziehen. Seit gestern laufen auch die Hochzeitsvorbereitungen wieder auf Hochtouren.«

Hochzeit. Heirat. Scout blickte auf die Frau, die sich für ihn durch den Verkehr von Boston kämpfte, und fragte sich, weshalb er sie je gebeten hatte, ihn zu heiraten. Sie war hübsch, gebildet, kultiviert.

Nachdem er sich den größten Teil seines Lebens ausschließlich seinem Beruf gewidmet hatte und nun das reife Alter von vierzig Jahren in Windeseile auf sich zukommen sah, hatte er begonnen, sein Leben zu überdenken.

Er wollte eine Familie. Er wollte Kinder. Ungefähr zu dieser Zeit hatte sich die Chance mit Jennifer geboten. Sie war eine Frau zum Heiraten gewesen: gescheit, mit Umgangsformen, für potenzielle Kunden präsentabel. Er hatte damals keine andere Beziehung gehabt und so hatte sich alles entwickelt.

»Daddy meint Hawaii, aber Mutter sagt, Hawaii ist so gewöhnlich. Jeder fliegt nach Hawaii in die Flitterwochen. Außerdem, habe ich gesagt, hast du vom tropischen Klima wahrscheinlich erst mal die Nase voll, und deshalb schlug ich vor, sie sollen uns nach Spanien oder Nordafrika schicken – das ist einmal etwas anderes. Ich kenne niemanden, der in den Flitterwochen in Nordafrika war. Du wirst sehen, damit starten wir einen neuen Trend.«

Er blickte durch die verregnete Windschutzscheibe. Die laue, leicht nach Blumen duftende Brise, das Geräusch der Brandung, die Rufe der Vögel im Dschungel, all das schien Lichtjahre entfernt zu sein. Er hatte schon jetzt Heimweh danach und war doch erst seit drei Tagen weg. Vier? Wie lange hatte er im Flieger gesessen?

»Liebling, du siehst wirklich erschöpft aus«, kommentierte Jennifer, als sie bemerkte, dass er sich müde die Schläfen rieb. »Ich nehme dich heute Abend mit zu mir, denn ich bin sicher, deine Wohnung muss sauber gemacht und gelüftet werden, bevor man sich dort wieder aufhalten kann. Morgen schicke ich meine Hausangestellte hin.

Ich möchte, dass du dich heute Abend erholst, als Erstes mit einer langen, heißen Dusche. Und rasiere dich bitte. Ich habe dich noch nie mit solchen Stoppeln gesehen. Morgen Vormittag kannst du dann einen Nottermin mit deinem Friseur machen. Gott sei Dank, dass ich das Abendessen heute für zu Hause eingeplant habe. Du würdest jedem respektierlichen Oberkellner der Stadt Angst einjagen.«

Sie parkte vor ihrem Stadthaus und stellte den Motor ab.

»Morgen kannst du anfangen ...« – »Jennifer.« – Sie blickte ihn überrascht an.

»Guter Gott, weißt du, dass das das erste Wort von dir ist, seit du in den Wagen gestiegen bist? Aber das macht nichts.« Sie legte ihm tröstend eine Hand auf den Arm. »Nach all den Reisestrapazen darfst du schon ein wenig übellaunig sein. Sobald wir im Haus sind, geht es dir bestimmt gleich besser. Ich habe ein Feuer im Kamin gemacht, und im Kühlschrank sind Margaritas. Das Abendessen muss nur noch in die Röhre geschoben werden. Das mache ich um sieben, dann können wir spätestens um acht essen. Bitte sieh zu, dass du bis dahin geduscht und rasiert bist.«

Sie war eine sehr schöne junge Frau, eine perfekte Frau für einen auf Karriere bedachten Mann. Er hatte gedacht, sie sei alles, was er sich wünsche. Effizient. Organisiert. Sprudelnd. Vielleicht war es das. Sie war einfach zu ... sprudelnd.

»Jennifer, ich werde Corey Reynolds anrufen und unsere Einladung für morgen absagen.«

Ihre Lippen öffneten sich in sprachloser Bestürzung, doch er fuhr fort, ehe sie ihn unterbrechen konnte. »Ich muss mit ihm reden, aber ich möchte dieses Treffen lieber strikt geschäftlich halten.«

»Ich verstehe zwar nicht, wieso, aber wenn du es so willst, na gut.«

Sie schürzte bockig die Lippen. Jennifer mochte es nicht, wenn sorgfältig vorbereitete Pläne schiefgingen.

»Und du sagst die Hochzeit ab.«

Er hatte nicht vorgehabt, es ihr so bald mitzuteilen. Er hatte geplant, es ihr vorsichtig beizubringen. Aber er sah keinen Grund, das Unvermeidliche hinauszuzögern. Das war ihr gegenüber nicht fair, und er konnte diese Belastung keine Sekunde mehr ertragen.

Er war erstaunt, wie rasch die Spannung in seiner Brust abklang. Es war, als würde die Naht eines zu engen Kleidungsstücks plötzlich aufplatzen. Nachdem diese ersten Worte ausgesprochen waren, war der Rest leicht.

»Mir ist bewusst, dass das abscheulich von mir ist. Nenne mich einen Dreckskerl, und du hast Recht damit. Aber ich wäre ein noch viel schlimmerer Dreckskerl, wenn ich dich heiraten würde. Du musst wissen,« – er machte eine Pause und seufzte tief – »dass ich dich nicht liebe. Ich liebe eine andere. Und zwar sehr.«

»Fort?«, wiederholte Scout. »Fort? Fort wohin? Auf die andere Seite der Insel? Zum Schwimmen? Zum Fischen? Zum *Voix de Tonnerre?*«

Er hatte einen Monat gebraucht, einen ganzen langen Monat, um die unzähligen Nachrichten abzuarbeiten, die auf seinem Anrufbeantworter gewesen waren, seine E-Mails zu sichten und zu beantworten, all die Rechnungen zu bezahlen und notwendige Geschäftsbeziehungen zu regeln.

Corey Reynolds war enttäuscht gewesen, dass Scout nicht mehr mit der charmanten Jennifer verlobt war, aber er bot ihm drei lukrative Aufträge an, die ihn über die nächsten beiden Jahre bringen würden. Noch ehe seine Unterschrift auf den Verträgen getrocknet war, hatte er Corey informiert, dass er sich vor Beginn des ersten Projekts noch um eine persönliche Sache kümmern müsse, und dann das nächste Flugzeug nach Honolulu genommen.

Endlich in Parrish Island angekommen, hatte er einen Jeep gemietet und sich zum Dorf aufgemacht. Es war schwierig, bei den gewundenen Gebirgsstraßen den richtigen Weg zu finden; er verfuhr sich ein um das andere Mal und endete mehrmals in einer Sackgasse.

Langsam begann er zu glauben, dass das Dorf und Chantal lediglich ein langer Traum seien, aus dem er noch immer nicht aufgewacht war. Aber sich rechts vom Vulkan haltend, gelangte er endlich doch zur richtigen Schlucht. Die Strohdächer auf der anderen Seite waren real und keine Einbildung.

Er hupte und schrie und schwenkte heftig die Arme über dem Kopf. Einige Dorfbewohner sahen ihn und liefen los, um den anderen Bescheid zu sagen.

Chantal hatte er noch nicht entdeckt, aber er beeilte sich, die Stufen hinunterzukommen, die sie erst vor Kurzem gebaut hatten, lief über den Steg und kletterte auf der anderen Seite wieder hinauf. Er war außer Atem, als er oben anlangte. Johnny warf sich an seine Beine und umarmte ihn stürmisch.

Dann kam André, begleitet von einer lächelnden Margot. Nach der ersten Begrüßung blickte Scout ungeduldig über die Menge, die sich sammelte, doch das Gesicht, nach dem es ihn am meisten verlangte, fehlte. Als er nach Chantal fragte, antwortete André ihm mit einem Satz, der wie eine Totenglocke in seinem Kopf widerhallte.

»Fort, nach Amerika.«

»Nach Amerika?« Scout schnaubte. »Wann?«

»Schon vor Wochen.«

»Weshalb?«

André schien es nicht zu wissen. Scout drängte durch die Menge und beeilte sich, zu ihrem Haus zu kommen. Er rannte den Pfad hinauf und über die Veranda.

»Chantal!«, rief er und riss die Tür auf.

Schweigen empfing ihn. Die Möbel waren noch da, aber alle persönlichen Gegenstände fehlten. Keine Bücher mehr. Keine Fotos mehr. Er rannte wie ein Verrückter durch das Haus, öffnete Schränke und Schubladen, doch das machte nur noch klarer, dass sie weg war.

Bedächtig ging er noch einmal durch das Haus. Bemerkte, dass der Toilettentisch ihrer Mutter fehlte. Mit dem objektiven, unvoreingenommenen Teil seines Gehirns überlegte er, wie schwierig es gewesen sein musste, dieses Möbel über die Schlucht zu bringen. Offenbar hatte sie es unbedingt mitnehmen wollen. Und das konnte nur ein Hinweis darauf sein, dass sie nicht zurückkommen würde.

Er setzte sich auf das Bett, das sie nur ein einziges Mal geteilt hatten, fuhr sich durch die Haare und ließ den Kopf hängen. Nie war er so verzweifelt gewesen.

»Miss Dupont«, fragte er eindrücklich und voller Ungeduld. »Ist sie nun ein Mitglied der Fakultät oder nicht?«

Zurück in den Staaten hatte er seine Suche an der Universität von Kalifornien in Los Angeles begonnen. Die Sekretärin im Büro des Geologischen Instituts betrachtete ihn mit einem abschätzenden Blick.

»Sir, sprechen Sie von Dr. Dupont?«

»Dr. Dupont? Ja, ja. Chantal Dupont.«

Er erhielt eine knappe Wegbeschreibung zu ihrem Büro, raste mit seinem Mietwagen dorthin, parkte im Halteverbot und rannte hinein. Nach einem Blick auf die Zimmertafel nahm er den Aufzug in den dritten Stock, eilte dann den schier endlosen Flur entlang und zählte die auf die Türen aufgedruckten Nummern mit. Bei ihrem Raum angekommen, stürmte er ohne anzuklopfen hinein.

Sie stand mit dem Rücken zu ihm an einem breiten Fenster. Es war eigenartig, sie in einem maßgeschneiderten Kostüm zu sehen. Die Haare hatte sie zu einem hübschen Knoten gebunden.

»Chantal!«

Sie drehte sich um. Er blickte in das Gesicht einer Fremden.

Epilog

Ihre spektakuläre Aussicht auf die im Pazifik versinkende Sonne wurde plötzlich von einer hochgerollten Hose und nackten Füßen gestört. Sie legte den Kopf zurück und schützte die Augen vor dem roten Feuerball, der gerade im Begriff war, hinter dem Horizont zu verschwinden .

»Scout!« Atemlos flüsterte sie den Namen, der ihr immer nahe war.

»Ich fühle mich geschmeichelt. Du erinnerst dich.«

Er ließ sich im Sand auf die Knie fallen. Seine gerunzelte Stirn und die zusammengezogenen Brauen waren ihr schmerzlich lieb und vertraut.

»Was tust du hier?«

»Was glaubst du denn? Ich suche dich! Wieso hast du die Insel verlassen?«

»Die Insel?« Sie schüttelte leicht verwirrt den Kopf. »Das hatte ich für die Zeit nach dem Tod meines Vaters so geplant. Es gab nur zwei Dinge, die ich zuvor noch erledigen musste. Sein letztes Buch zu beenden und …«

»Die Brücke bauen.«

»Das war Vaters letzter Wille. Er wollte sie als sein Vermächtnis für die Dorfbewohner. Als sie fertig war, gab es nichts mehr, was mich dort noch gehalten hätte.«

»Ich dachte, die Insel ist deine Heimat.«

Sie blickte nachdenklich in die Brandung.

»Für mich bedeutete sie etwas anderes als für meinen Vater. Er hatte Mutter und mich. Sein Leben dort war vollständig. Ich hingegen habe keine Familie. Und hier erwartete mich wichtige Arbeit.«

Sie richtete den Blick wieder auf Scout und zuckte vielsagend mit den Schultern.

Scout war alles andere als beschwichtigt.

»Weißt du, durch welche Hölle ich gegangen bin, um dich zu finden? Ich flog zurück nach Parrish Island, fuhr ewig weit durch diesen infernalischen Dschungel, kämpfte gegen Hitze, Insekten und was weiß ich noch alles, nur um bei meiner Ankunft im Dorf festzustellen, dass du verschwunden warst.«

Er atmete tief.

»Heute bin ich direkt vom Flughafen zur Universität gefahren und habe dort alles auf den Kopf gestellt. Ich fand das Sekretariat deiner Fakultät und habe deiner Assistentin die Hölle heiß gemacht. Sie hatte die Haare – ach, macht nichts. Dieser Teil ist uninteressant.

Ich versuchte, sie zu überzeugen, dass ich kein Geisteskranker bin. Immerhin telefonierte sie und ließ sich bestätigen, dass es in Ordnung ist, wenn sie mir deine Adresse gibt. Ich habe darauf bestanden, dass sie dein Telefon mindestens hundertmal klingeln ließ. Wahrscheinlich warst du hier draußen.«

»Ich sitze abends meistens am Strand und beobachte den Sonnenuntergang.«

Er blickte zu ihrem Haus hinauf, einem kleinen, netten, auf den Felsen gesetzten Bau, der den Strand überblickte.

»Es ist schön hier. Es erinnert an die Insel.«

»Deshalb habe ich es gekauft. Aber erzähle deine Geschichte weiter.«

»Ich drohte deiner Assistentin, ihr etwas anzutun, falls sie mir deine Adresse nicht geben würde. Nach anderthalb todesmutigen Stunden auf der Autobahn und zweimaligem falschen Abbiegen hatte ich es dann geschafft.«

»Du hast dir all die Mühe aufgebürdet, um mich zu finden? Warum?«

»Warum hast du mit mir geschlafen?«, fragte er herausfordernd.

In seiner augenblicklichen Stimmung, dachte sie, war es wohl klüger, nicht oberflächlich oder ausweichend zu antworten. Seine gerunzelte Stirn, sein gesamtes Auftreten forderte Aufrichtigkeit.

»Weil ich dich liebe.«

Seine Miene verriet Skepsis. Und das berührte sie, wie nichts sie bisher berührt hatte. Sie ergriff seine Hand und drückte sie.

»Das ist nicht einer meiner Tricks, eine meiner Notlügen. Ich gebe dir mein Wort darauf. Seit jenem Abend, an dem wir zu *Voix de Tonnerre* hinaufstiegen, weiß ich, dass ich dich liebe.«

Es dauerte eine Weile, bevor er etwas erwiderte.

»Warum hast du mir das damals nicht gesagt?«

»Weil ich wusste, dass du mich ohnehin verlassen würdest.«

»Und du wolltest nicht, dass ich mich gebunden fühle.«

»Richtig.«

»Ich musste dich verlassen, Chantal«, sagte er, seinerseits nun ihre Hand mit der seinen umschließend. »Ich versuchte, es dir am Abend davor zu erklären, weißt du noch? Du dachtest, du hielte dich nur für ein Inselmädchen, ein Spielzeug zur Unterhaltung bis zu meiner Rückkehr nach Hause. Und obwohl du das glaubtest, hast du trotzdem mit mir geschlafen?«

Sie brachte nichts heraus und nickte deshalb nur.

»Was muss dich das gekostet haben«, sagte er.

Dann nahm er ihr Gesicht in seine Hände. Sie spürte die Schwielen an ihren Wangen.

»Hör mir zu. Jennifer ist Vergangenheit. Ich habe die Verlobung aufgelöst.«

»Oh, wie schrecklich.«

»Das war es, ja. Ich könnte dich nicht lieben, wenn sie noch meine offizielle Partnerin wäre, und deshalb habe ich die Trennung aus Zeitgründen kurz und schroff gemacht.«

»Was hat sie gesagt?«

»Eine Menge. Aber es war nicht so sehr das, was sie sagte, als vielmehr das, was sie unerwähnt ließ. Sie ließ sich ewig über Schwierigkeiten und Peinlichkeiten aus, aber sie hat mir kein einziges Mal gesagt, dass sie mich liebt oder dass ich ihr Herz gebrochen hätte. Weißt du«, fuhr er ernst fort, »ich bin nicht stolz darauf, wie ich mit ihr umgegangen bin. Aber wir hätten es nie miteinander geschafft. In ein paar Jahren, wenn es überhaupt so lange gedauert hätte, hätten wir uns scheiden lassen. Alle ihre Freundinnen lassen sich scheiden. Das ist ›in‹. Ich kam ihr gerade gelegen, sie mir auch – zu einem Zeitpunkt, wo wir beide dachten, es wäre an der Zeit, zu heiraten. Du brauchst dich also nicht schuldig zu fühlen, eine große Liebe zerstört zu haben. Das ist es nie gewesen. Wenn es das gewesen wäre, wäre ich dir nicht aus dem Ballsaal gefolgt.«

Chantal wollte überzeugt werden.

»Aber sie schien die Richtige für dich zu sein.«

»Ja, so sah es aus, aber ich war nicht in sie verliebt. Ich habe mich in dich verliebt. Falscher Ort. Falsche Zeit. Alles falsch. Aber du bist die Frau, die ich liebe.«

Er hob ihr Gesicht am Kinn an und küsste sie auf die Wange.

»Du liebst mich?«

»Kannst du daran zweifeln?«

Ihr Herz war außer sich vor Liebe und Freude, aber sie

war sich noch immer unsicher bezüglich seiner Pläne für die Zukunft. So sehr sie ihn auch liebte, sie wollte nicht seine Mätresse sein, ein exotisches Spielzeug, eine Sensation.

»Was passiert jetzt?«

»Du wirst mich heiraten, Prinzessin. Und wir werden Kinder bekommen, denn ich kann mir nichts Lohnenderes vorstellen, als meine Gene mit deinen zu mischen.«

Ihr strahlendes Lächeln hielt nur für einige Sekunden an, dann drängten sich neue Fragen in ihren Sinn.

»Aber was ist mit deiner Arbeit? Und mit meiner? Wo sollen wir leben?«

»Das werden wir alles klären«, versprach er leise. »Wenn wir uns genug lieben, schaffen wir es auch, zusammen zu leben.«

Tränen schimmerten in ihren Augen. Nach Wochen, in denen sie gedacht hatte, ihn nie mehr wiederzusehen, konnte sie es nicht glauben, dass er nun vor ihr kniete und sich zu einer Liebe bekannte, die der ihren offenbar ebenbürtig war. Sie berührte seine Haare, seine Augenbrauen, seine Schultern, als wollte sie sich vergewissern, dass sie nicht träumte.

»Ich werde immer wieder einmal auf die Insel zurückwollen.«

»Einmal pro Jahr«, sagte er, als habe er diesem Gedanken auch schon Raum gegeben. »Wir bleiben einen Monat. Das wird unser jährlicher Familienurlaub. Wir lassen die Kinder nackt am Strand herumtoben, eine andere Kultur in sich aufnehmen, den Vulkan beobachten, erzählen ihnen von ihrem französischen Opa und der polynesischen Oma. Außerdem habe ich es Johnny versprochen.«

Das Werk einschließlich aller seiner Teile ist urheberrechtlich geschützt. Jede Verwertung außerhalb des Urhebergesetzes ist ohne Zustimmung des Verlages unzulässig und strafbar. Dies gilt insbesondere für Vervielfältigungen, Übersetzungen, Mikroverfilmungen und die Einspeicherung und Verarbeitung in elektronischen Systemen.

Copyright der deutschen Ausgabe © 2007
Verlagsgruppe Weltbild GmbH,
Steinerne Furt, 86167 Augsburg
Copyright © 1989 by Sandra Brown
5. Auflage 2007
Alle Rechte vorbehalten

This translation is published by arrangement with
The Bantam Dell Publishing Group,
a division of Random House, Inc.

Projektleitung: Gerald Fiebig
Übersetzung: Heinz Tophinke
Redaktion: Claudia Krader
Umschlag: Hauptmann & Kompanie
Werbeagentur GmbH, München–Zürich
Umschlagabbildung: Rick Gomez/Masterfile (Porträt),
mauritius-images/Pacific Stock
Satz: Sabine Müller
Gesetzt aus der Stone Serif 9,9 / 13,9 pt
Druck und Bindung: Bagel Roto-Offset GmbH & Co. KG, Schleinitz

Gedruckt auf chlorfrei gebleichtem Papier

Printed in the EU

ISBN 978-3-89897-656-5